KB161716

서른하나,

히말라야를
오르기로 결심했다

서른하나,

히말라야를
오르기로 결심했다

초판인쇄 2020년 11월 13일
초판발행 2020년 11월 13일

지은이 이건
펴낸이 채종준
펴낸곳 한국학술정보(주)
주 소 경기도 파주시 회동길 230(문발동)
전 화 031-908-3181(대표)
팩 스 031-908-3189
홈페이지 http://ebook.kstudy.com
E-mail 출판사업부 publish@kstudy.com
등 록 제일산-115호(2000. 6. 19)

ISBN 979-11-6603-193-9 03810

힘들어도 괜찮아,
할 수 있어

서른하나,

히말라야를
오르기로 결심했다

이건 지음

쿰부 히말라야 트레킹 지도

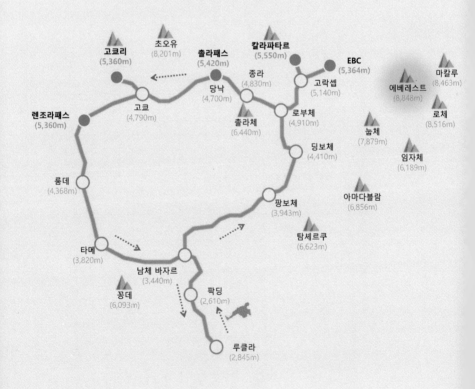

나도 갔다 온 히말라야, 당신이라고 못 갈 이유가 있을까?

대한민국이라는 곳에 태어나 평범하지 않은 어린 시절을 보내던 한 아이의 소원은 제발 평범하게 사는 것이었다. 가정환경을 비롯해서 살아가면서 마주하는 모든 것들이 그냥 '평범'하고 싶었다. 그러나 서른한 살, 자발적으로 하던 일을 그만두고 한국을 떠나 세계를 방황하면서부터는 내 마음의 소리에 귀를 기울이려고 노력했다.

그렇게 세계 곳곳을 누비던 중 쿰부 히말라야(에베레스트 지역)에 도착했다. 당시 나는 트레킹에 대한 아무런 정보도, 준비된 것도 없었다. 인도에 왔으니 바로 옆 나라 네팔에 가보고 싶었고 네팔에 왔으니 히말라야 트레킹을 해보고 싶었을 뿐이다. 그러나 이번에는 누군가 하니까 나도 해야만 하는 것 말고, 내 마음이 시키는 것을 선택해보고 싶었다.

과거에 나는 평범한 사람들에게는 히말라야 트레킹 자체가 불가능하다고 생각했다. 그러나 그건 훈련과 장비 그리고 수많은 비용이 들어가는 8,000m가 넘는 산 정상에 올라 갈 경우였다. 요즘 시대에 많은 이들이 산티아고 순례길을 걷듯이 히말라야도 코스별로 자신의 입맛에 맞춰 얼마든지 도전할 수 있다. 우리나라 기준으로 보통은 안나푸르나 베이스캠프 코스를 약 일주일간 다녀오는 경우가 많다.

나는 원래 2~3박 코스로 살짝 맛만 보고 히말라야를 내려올 생각이었다. 하지만 쿰부 히말라야(에베레스트 지역)에 있는 에베레스트 베이스캠프(5,364m)를 시작으로 에베레스트 산봉우리를 가장 가까이에서 마주할 수 있는 칼라파타르 정상(5,550m)에 올랐고, 촐라 패스 정상(5,420m)을 넘어 고쿄 호수(4,790m)로 갔다. 그리고 고쿄 리 정상(5,360m)과 렌조 라 패스 정상(5,360m)에 올랐다. 모두 합쳐 12박 13일의 일정을 보냈다.

특별한 산악 장비가 필요했거나 전문적인 훈련이 필요하지는 않았다. 히말라야 트레킹은 아무나 경험할 수는 없겠지만 누구나 도전할 수 있다. 그저 하고자 하는 마음과 의지, 무엇보다 포기하지 않고 해내겠다는 도전 정신과 집념만 있다면 누구나 갈 수 있을 것이다.

여러 우여곡절과 어려움이 있었지만 그 덕분에 얻은 값진 경험과 좋은 만남들, 수많은 나만의 에피소드를 담아 왔다. 그리고 이렇게 한 권의 책으로 출간까지 하게 되었다. 그냥 내 마음이 하고자 하는 선택을 했을 뿐인데….

글 쓰는 사람은 모든 독자들의 입맛에 맞는 글을 쓸 수는 없다고 하지만 이 글은 많은 독자들의 입맛에 맞는 그런 편안하고 좋은 글이 되었으면 한다. 이 책을 읽는 동안 당신의 마음에 작지만 따뜻한 '울림'이 있기를. 그리고 살아가면서 마주하게 되는 많은 순간들 가운데 '그래 나도 할 수 있겠다. 한번 해보자'는 잔잔하지만 뜨거운 용기가 되기를 기대해본다.

누군가의 인생에 '울림'을 주는 사람이 되는 것이 꿈인 이 시대의 동기부여가 울림메이커 이건의 히말라야 이야기.

지금부터 시작합니다.

목차

01

2017.10.15. 일요일.
쿰부 히말라야에
무작정 도전하다

"히말라야? 가보면 되지 뭐!"

나는 평소 산과 가깝게 지내는 편은 아니다. 국내에서도 손에
꼽을 몇 번의 단체 등산 경험 외에는 산행 경험이 없는 평범한
사람이다. 그래서 히말라야 트레킹도 상대적으로 조금은 수월
할 것으로 판단한 안나푸르나 트레킹에 도전하려고 했다. 그러
나 인도에서 만났던 동생 윤한이의 경험담과 네팔 현지에서 생
활 중인 지인의 추천으로 에베레스트 베이스캠프를 지나는 쿰
부 트레킹을 하기로 했다.

어디선가 듣기에 안나푸르나는 예쁘고 아름다운 자연이라면,

쿰부 에베레스트는 메마른 듯 장엄한 대자연이 펼쳐진다고 한다. 아무런 준비도 경험도 없었지만 그럼에도 이왕이면 남들과 조금은 다른 경험을 해보고 싶었다. 물론 쿰부 EBC 코스는 상대적으로 험난한 코스이기에 더 많은 고생을 해야 하고 비용과 시간도 더 필요하며 여러 분야에서 위험도 감수해야 했다. 피곤하고 쉽지 않은 여정이었지만 중간중간 틈틈이 순간의 생각과 감정을 수기로 기록했었다. 당시 느낌 그대로 12박 13일 동안 있는 그대로의 기록을 일자별로 이곳에 나눠보려 한다.

2017년 10월 15일. 내일은 드디어 쿰부 히말라야 에베레스트 지역 트레킹을 시작하는 날이다. 설레는 마음으로 비상식량을 사러 슈퍼에 갔다. 감사하게 한국 라면이 눈에 보였고 봉지 라면을 샀다. 참치 캔, 과자, 초코바, 비타민 사탕 그리고 혹시 모를 고산병을 대비해 약국에서 고산병약도 샀다.

애초부터 쿰부 트레킹을 할 계획은 없었기에 나에게는 트레킹 필수 장비들도 없었다. 다행스럽게도 대학 시절 동아리 활동을 함께 했던 승훈 선배가 이곳 네팔 국제학교에서 교사로 있었다. 쿰부 트레킹 코스를 추천해주었던 선배는 두꺼운 겨울용 패딩부터 등산 스틱과 겨울 침낭 등 내가 준비하지 못했지만 없어서는 안 될 필수 장비들을 빌려주었다. 마음 써서 챙겨준 선배

가 고마웠다. 올라가면서 느꼈다. 아무리 무계획 여정이었다고 하지만 어떻게 이러한 장비들 없이 무작정 올라가려는 생각이 있었는지, 만약 없었다면 얼어 죽었든지 아니면 목표했던 지점까지 가기도 전에 하산했겠구나 싶었다.

무작정 뛰어드는 도전이지만 최소한의 준비를 마치고 숙소에 왔다. 2인실이었지만 숙소가 전체적으로 여유가 있는 것 같았다. 덕분에 혼자서 침대가 두 개나 있는 넓은 방을 사용했다.

'내가 세계 최고봉 에베레스트 일대를 트레킹 한다고?'

잠이 오지 않았다.

히말라야를 걷는 세 가지 방법

네팔 히말라야 트레킹은 크게 쿰부(에베레스트), 안나푸르나, 랑탕 세 지역으로 나뉜다.

* 쿰부(에베레스트): 최고봉인 에베레스트 부근으로 접근하는 코스이다.
* 안나푸르나: ABC(안나푸르나 베이스캠프)까지 올라보는 코스이다.
* 랑탕: 아름다운 비경을 간직한 랑탕 밸리(협곡)를 볼 수 있는 코스이다.

국내 트레커들은 안나푸르나 베이스캠프(ABC)까지 일주일 또는 2주 정도 안나푸르나 산군을 따라 한 바퀴 도는 경우가 대부분이다.

02

2017.10.16. 월요일.
세계 최고봉을 향해
걱정과 함께 떠나다

"근데 나 잘할 수 있겠지?"

Kathmandu(1,281m) → Lukla(2,845m) 경비행기 타고
40분 이동 → Phakding(2,610m) 2시간 30분 소요

어제는 새벽 2시가 넘어 잠든 것 같다. 잠깐 눈만 붙이고 새벽
5시에 일어났다. 오늘은 공식적인 트레킹 첫째 날. 잠을 푹 자지
못했지만 피로감이 느껴지지는 않았다. 오히려 설렘과 기대감
이 나를 흥분시켰다.

06시 공항 도착. 카트만두 공항은 과거의 우리나라 70~80년

대 버스터미널을 연상케 했다. 허름한 대기실 의자에는 비행기를 기다리는 사람들로 빼곡했다. 탑승 수속을 마친 나도 그들 사이에 섞여 비행기를 기다렸다. 그러나 소문대로 비행기는 연착되었다.

'늦어도 좋으니 제발 오늘 히말라야로 가고 싶다.'

쿰부 에베레스트 트레킹의 시작, 루클라로

안나푸르나 코스는 포카라 지역에서 시작하고(육, 항로 모두 이동 가능) 쿰부 에베레스트 코스는 루클라(Lukla) 지역에서 트레킹을 시작하는데 루클라까지는 경비행기를 타고 가야 한다. 네팔의 수도인 카트만두는 해발고도 1,281m에 있고 루클라는 해발고도 2,845m에 있다. 보통 네팔에서는 3,000m 아래의 산은 언덕(Hill)이라고 부른다. 루클라행 비행기는 정시에 출발하는 경우가 거의 없다. 기상 악화로 인해 몇 시간씩 연착되는 것은 기본이고 심할 경우, 며칠씩 운항하지 않는 경우도 빈번하다고 한다. 이유는 루클라 지역 비행장의 활주로 때문이다.

해발 2,845m에 위치한 쿰부 히말라야 지역의 관문 격인 텐징-힐러리 공항은 세계에서 가장 높은 곳에 있으며, 짧은 1개의 활주로는 산비탈을 깎아 경사지게 만들어놓았다. 특히 바로 앞이 낭떠러지여서 이륙할 때 비행기가 추락할 수도 있는 세계에서 가장 위험한 공항이다. 그렇기 때문에 날씨가 좋을 때 헬리콥터와 경비행기만 이착륙이 허용된다.

내가 트레킹 다녀온 이후지만 2019년 4월(3명 사망) 그리고 이전에도 여러 번의 항공 사고가 발생하여 수많은 이들이 목숨을 잃었다는 안타까운 소식이 있다.

귀여운 경비행기 탑승 전

3시간 후 10시쯤 탑승 안내 방송이 나왔다. 당일, 그것도 오전에 비행기를 타고 이동할 수 있다니. 갑자기 기분이 좋아졌다. 내가 탑승한 비행기는 14명의 승객이 탑승할 수 있는 경비행기였다. 단체로 온 말레이시아인 13명은 혼자인 나를 신기한 듯 쳐다봤다. 그런 그들의 말에 정확히 무슨 말인지도 모르겠고 뭐라고 답을 해야 하는지도 잘 몰랐다. 그저 그들을 보며 웃으면서 양 엄지손가락을 치켜세워 줬다. 모를 땐 씩 웃으며 따봉을 날려주는 게 최고다. 아마도 그들은 내게 이런 말을 건넸던 게 아닐까 생각해본다.

"너 정도 체격이면 혼자서도 문제없을 거야, 행운을 빌게!"

태어나서 처음으로 이렇게 작은 경비행기를 타고 이동을 했다. 이륙하는 과정부터 착륙하는 순간까지 경비행기는 수없이 흔들리며 굉음을 내기도 했다. 특히 공항에서 착륙할 때 봤던 아슬아슬한 낭떠러지 바로 위의 아찔했던 활주로는 지금도 잊을 수가 없다. 고도가 높아졌기에 약간 쌀쌀한 느낌이었다. 함께 트레킹 할 셰르파를 만났다. 이만(Iman)이라는 이름의 셰르파는 나의 가이드이자 짐을 나눠 멜 포터(짐꾼)이다. 한국형 얼굴과 선한 인상의 이만은 내향적인 성향 같았고 체구는 나와 비슷했다. 나도 영어를 못하지만 이 친구는 더 못하는 것 같았다.

'이만! 우리 잘할 수 있겠지?'

셰르파

셰르파란 티베트어로 동쪽 사람이라는 뜻이며 티베트계의 네팔인을 지칭하는 말이다. 또한 히말라야의 안내자라는 수식어가 붙기도 한다. 이들은 히말라야 로지에서 필요한 여러 가구, 식자재, 음료 등을 옮기는 것을 시작으로 어린 나이에 생활전선에 뛰어든다. 또한 트레커들의 배낭 짐을 나눠 들고 등반하기도 한다. 각국의 언어 습득 및 히말라야 트레킹 지역의 지리 파악이 되면 다음 단계인 가이드 겸 포터로 고용이 된다. 그리고 경력이 많이 쌓이고 언어가 자유로워질 경우 전문 가이드로 고용이 된다. 트레킹 하며 만난 세 부류의 셰르파들에게 물어 알게 된 사실은 일의 강도와 수익성 면에서 이들은 전문 가이드가 되기를 꿈꾼다. 어린 나이에 포터(짐꾼)로 시작하여 가이드가 되기 위해 열심히 일한다고 했다.

아침부터 신경을 많이 써서 그런지 배가 고팠다. 우선 점심을 먹을 수 있는 근처 로지로 들어갔다. 다른 메뉴들은 생각보다 비싸 보여서 우리 돈으로 약 3,000원 정도인 공깃밥 하나를 시켰다.

'응? 이게 끝이라고? 반찬은?'

생각해보니 여기는 한국이 아닌 네팔. 아직 출발도 안 했는데… 눈물을 머금으며 나의 피 같은 비상식량 참치 캔 하나를 개봉했다. 벌써부터 김치를 비롯한 반찬이 그리워졌다. 그래도 기대 이상으로 맛있게 밥 한 공기를 뚝딱 비웠다. 역시 시장이 맛집이다. 오늘 도착할 수 있어서 감사한 마음이었지만 식사를 마치자 갑자기 조급한 마음이 들었다. 비행기 연착으로 인한 지연 도착, 그로 인해 트레킹 출발까지 늦어지는 상황이었다.

'이제 진짜 시작이다. 쿰부 히말라야 지역의 체크포인트를 통과하는구나.'

등산 경험도, 히말라야에 대한 사전 조사도 없었지만 나에게는 그 누구보다 큰 설렘과 기대감이 있었다. 신나게 한 발 한 발 걷기 시작했다. 이만이 일부러 천천히 오는 건지 내 걸음이 빠

체크포인트와 그 옆의 실종자를 찾는다는 게시판

른 건지 잘은 모르겠지만 거의 내가 앞서가며 그를 기다리는 식
이었다.

"이만, 괜찮아?"
"난 괜찮아, 어서 가자!"

내가 가이드인가 싶었다.

단순하게 무조건 올라가야 한다고 생각했지만 내리막길도 많
았다. 설렘과 조급함을 안고 트레킹 한 지 2시간 30분이 지나 우
리는 첫날 목적지인 해발고도 2,610m에 위치한 팍딩(Phakding)
에 도착했다. 오히려 시작 지점인 루클라(2,845m)보다 고도가 낮
아졌다.

드디어 도착한 로지. 걷기만 해도 바닥에서 나무 소리가 나는 숙소와 식당.

"삐거덕삐거덕"

내부는 춥고 방음은 기대하기 어려웠다. 세면대와 변기가 있는 화장실은 간단하게 양치 정도만 가능해 보였다. 모든 시설이 허름해 보였고 정전이 되기 일쑤였다. 와이파이, 따뜻한 물 샤워, 스마트폰 배터리 충전 등 모든 시설 이용은 돈이었다. 올라갈수록 더 비싸지고 나중에는 아예 사용이 어려워진다. 내가 너무 많은 것을 기대했던 것 같다.

'그래도 텐트를 짊어지고 오르는 게 아닌 것만 해도 무조건 감사해야 하는 상황이잖아.'

어느 정도 예상은 했고 각오도 했지만 실제 이런 환경에 놓이니 갑자기 몸도 마음도 힘들어졌다. 아마도 제대로 된 사전 준비 없이 무작정 왔기에 더 힘들게 느껴지는 것 같았다. 그러나 이제 와서 힘들다고 투덜대봤자 방법이 없었다.

'앞으로 2주 동안 야외훈련 한다고 생각하자.'

흔한 히말라야 풍경

무겁지, 소야?

저녁 식사 후 이만과 함께 지도를 보며 전체적인 일정 체크를 했다. 아무리 생각해도 나처럼 이렇게 막무가내로 히말라야를 다녀가는 사람은 없을 것 같았다. 며칠 동안 어느 코스를 갈지에 대한 계획도 없었다. 나의 최초 계획은 16박 17일 동안 EBC(에베레스트 정상 등반을 위한 베이스캠프), 칼라파타르, 촐라 패스, 고쿄(가능하면 고쿄 리까지)까지 전체 EBC 그리고 1Pass 1Ri(또는 2Ri)를 넘는 것이었다.

없는 계획이었지만 그조차도 내 뜻대로 되지 않았던 오늘, 나는 이미 몸도 마음도 피곤해져 있는 상태였다. 히말라야의 강한 추위와 바람을 느끼며 침낭 안으로 들어갔다. 어리바리하게 시작한 쿰부 히말라야 트레킹 첫날. 뭔가 불안불안했다.

'근데 나 잘할 수 있겠지?'

03 2017.10.17. 화요일.
히말라야의 복병
고산병과의 조우

"무릎도 아프다. 엄마가 보고 싶다."

Phakding(2,610m) → Namche(3,440m) 약 5시간 소요

밤새 자고 깨기를 반복했다. 밖은 추웠지만 침낭 속은 참 따뜻
했다. 06시 30분쯤 눈을 떴지만 침낭 밖으로 나오는 게 쉽지 않았
다. 마치 혹한기 훈련을 연상케 했다. 빠르게 배낭 정리를 하고
아침을 먹었다. 식사 후 침대에 앉아 차분하게 눈을 감고 나만
의 시간을 보내고 있던 중 갑자기 누군가 방문을 두드렸다.

'뭐지?'

문 앞에는 로지 주인과 현지인 한 명이 서 있었다.

"이만은 아파서 아침에 급하게 내려갔어, 이 친구가 너의 새로운 포터(짐꾼)야!"
'응? 이건 또 무슨 상황이지?'

당황스러웠다. 하지만 어제처럼 출발이 늦어지면 마음이 조급해지고 몸도 힘들어지기에 우선은 지도를 보며 일정을 체크했다. 그러나 누구에게나 직감이라는 게 있듯이 내가 느끼기에 새로운 포터는 의사소통도 어렵고 오로지 자신감만 가득해 보였다. 어설프게 같이 갔다가는 오히려 답답할 것 같은 느낌이 들어 우선은 여행사 사장님께 전화를 했다. 그러나 사장님은 이 사실을 전혀 모르고 계셨다. 흔히 하는 말로 아주 개판이었다. 간단히 상황 설명을 하니 다른 포터를 보내주시겠다는 답변을 받았다.

'아, 어제부터 뭔가 꼬이는 이 불길한 느낌….'

벌써 09시가 넘었다. 어제 식당에서 마주친 외국인들은 아무도 보이지 않았다. 새로운 포터를 기다리는 동안 밖으로 나갔다. 로지 앞에 홀로 앉아 있는 서양 아주머니를 발견했다. 왜 아직

까지 출발하지 않았는지 궁금한 마음에 먼저 인사를 건넸다. 우리 어머니 연배의 당시 62세였던 그녀는 지인들과 함께 에베레스트 베이스캠프(EBC)를 목표로 프랑스에서 왔는데, 해발고도 4,300m 지점에서 갑작스레 고산병 증세를 느꼈다고 했다. 또한 엎친 데 덮친 격으로 골반 통증까지 더해지며 더 이상 트레킹이 불가능해졌고, 포터 한 명과 함께 먼저 내려가는 중이라고 하셨다. 62세에 도전하셨다는 것 자체가 참 대단하다는 생각이 들었지만 한편으로는 안타까운 마음도 들었다. 나 역시 고산병이 더 무서워지기 시작했다.

고산병

보통은 해발고도 3,000m 이상부터 뇌에 산소가 원활하게 공급되지 않을 경우 나타나는 고산병은 머리가 아프고 숨이 차는데 심해지면 하산을 해야 한다. 또한 나이, 성별 그리고 체력에 관계없이 누구에게나 찾아올 수 있기에 몸이 적응할 수 있도록 천천히 트레킹 하는 것이 고산병 예방을 위한 최선의 방법이다. 술, 담배 및 차가운 음료는 피해야 하고 머리를 감거나 샤워를 하는 것도 조심해야 한다.

'교만하지 말고 스스로 몸 상태 확인 잘 하자!'

우리는 어설픈 영어로 떠듬떠듬 대화를 나눴다.

"저는 지금 세계 일주 중이에요, 그래서 내년에 프랑스에 갈 것 같아요."

"오! 그래? 그럼 우리 집에 놀러 와. 우리 두 아들도 소개 해줄게."

"와! 정말요?"

서로의 페이스북 아이디를 공유했다. 어머니 같았던 외국인 아주머니와 짧게나마 이야기할 수 있어서 좋았다.

'그리고 엄마가 보고 싶었다.'

2년 후, 2019년 9월 자전거를 타고 프랑스에 갔을 때 그녀는 진짜 나를 초대해줬고 그녀의 아들도 만났다

잠시 후 이번에도 역시 자신감 200% 가득한 포터 한 명이 나타났다.

"나는 너의 가이드야! 가자!"
'응? 얘는 또 왜 이렇게 자신감이 넘치는 거야.'

출발 전 일정 체크를 해보니 이 친구는 아침에 만났던 포터보다는 느낌이 괜찮았다. 이름은 빔 라즈(Bhim Raj), 나이는 만 16세. 이들은 보통 만 14세 나이에 포터 일을 시작한다. 나이도 어리고 체구도 매우 작았다. 솔직히 걱정도 됐지만 스스로에게 말했다.

'건아, 너나 잘하자.'

어느덧 시간은 11시를 넘어섰고 점심 식사 후 12시쯤 남체(Namche, 3,440m) 지역으로 향했다. 어제는 비행기가 3시간 연착되었고, 오늘은 아침부터 포터가 두 번이나 바뀌었다. 예상보다 4시간이나 늦은 출발이었다. 계획대로 되는 게 하나도 없었다.

히말라야 야외 상점

야호! 쿰부 히말라야 지역에서 가장 큰 마을인 남체바자르에 도착

어제와 마찬가지로 마음이 급해지기 시작했다. 마음이 급해지니 걸음도 빨라졌다. 보통 남체까지는 6~7시간 정도 소요된다. 낭떠러지처럼 아래가 훤히 보이는 스릴 넘치는 흔들 다리를 몇 번이나 건넜다. 서서히 고도가 높아짐으로 인해 한 발 한 발 내딛는 것만으로도 숨쉬기가 힘들었다. 중간중간 다른 트레커들을 만났다. 이들은 나보다 3~4시간 전에 출발한 사람들이었다. 나를 제외하고 모두가 10명 이상의 그룹인 러시아, 우크라이나, 중국, 한국인 들이었다. 우크라이나에는 미녀들이 많이 있다는 소문이 사실인 것 같았다. 40~50대쯤 되어 보이는 한국인 아저씨, 아주머니들은 몇 명의 네팔 요리사까지 고용하여 조리도구와 김치 등 여러 음식 재료를 가지고 트레킹 중이셨다. 이게 말로만 듣던 황제 트레킹 같았다.

결론적으로 팍딩에서 해발고도 3,440m의 남체까지 5시간이 소요되었다. 급격히 상승한 고도(하루에 830m나 높아진 고도)와 계속되었던 오르막 그리고 조급한 마음으로 인해 몸은 지치고 힘들었다. 무리해서 고산을 올랐기에 어제보다 오른쪽 무릎이 더 아팠다.

'큰일이다. 이제 겨우 2일 차인데 벌써 이러면 어떡하지…'

안 그래도 쉽지 않은 쿰부 히말라야 트레킹인데…. 하지만 일단 무리를 해서라도 올라갈 수는 있을 것 같았다. 그러나 내려올 때는 헬리콥터를 타고 내려와야 하는 게 아닌가 싶을 정도였다(헬리콥터를 타기 위해서는 3~4백만 원 이상이 필요하다).

우선 숙소에 도착하여 짐을 풀고 식당으로 갔다. 이제 겨우 2일 차인데 몸도 마음도 무거웠다. 고산병에 마늘 수프가 좋다고 하여 거의 매일 저녁 메뉴에 마늘 수프를 추가로 주문하였다. 내일은 이곳에서 고도 적응을 위해 하루 쉬어 가는 날이다. 오늘 밤 푹 쉬

고산병을 때려잡는 마늘 수프

기 위해 4,000원의 거금을 들여 따뜻한 물로 샤워를 했다. 샤워

의류별 세탁 비용

부스 안에서 졸졸 흐르는 물로 간단히 빨래도 했다. 빨래 서비스도 이용 가능했지만 양말 한 켤레에 1,000원이고 속옷이나 다른 옷들은 더 비쌌다. 몸은 피곤했고 약간 수고스럽기도 했지만 직접 빨래를 해서 약 8,000원을 아낄 수 있었다. 또한 Wifi를 사용하려면 5,000원, 스마트폰 충전은 2,000원이 필요했다.

잠자기 전 눈을 감고 차분하게 마음을 가라앉혔다. 그리고 내일은 무릎이 완전히 회복되기를 간절한 마음으로 기도했다. 침낭에 들어가자마자 긴장이 풀리며 바로 잠이 들었다. 두꺼운 겨울 패딩과 침낭은 세상에서 가장 따뜻하고 포근하게 느껴졌다.

로지(Lodge, 산장)

히말라야 트레킹 코스 중간중간에는 로지라는 곳이 있다. 그곳은 숙박과 함께 식사를 해결할 수 있는 곳이다. 해발고도에 따라 이용이 불가능한 지역도 있지만 비용 지불 후 간단한 세면부터 따뜻한 물 샤워, 세탁, 배터리 충전, 와이파이 사용 등이 가능하다. 한마디로 사막의 오아시스 같은 곳이다. 들리는 정보에 의하면 히말라야 지역에 로지를 운영하는 네팔 현지인들의 경우, 보통은 헬리콥터 한 대씩은 보유하고 있으며 헬리콥터로 물자나 사람을 실어 이동하기도 하는 엄청난 부자들이라고 한다.

04

2017.10.18. 수요일.
무슨 일을 해도
실패하지 않는 방법

"히말라야에서 깨달은 인생 법칙"

Namche(3,440m)에서 고도 적응을 위한 하루 휴식

해발고도 앞자리가 2에서 3으로 바뀌었다. 남체는 쿰부 히말 라야 지역 트레킹 시 고도 적응을 위해 하루 쉬어 가는 고산 마을이다. 고산병으로 인해 바로 하산하신 프랑스 어머님을 직접 만나고 나니 나 또한 언제 고산병 증세가 나타날지 모른다는 생각에 두려웠다. 그래서 욕심내지 않고 이곳 남체에서 하루 휴식과 함께 고도 적응을 하기로 했다.

우리나라 한정식 느낌의 네팔 음식 달밧

아침 식사 후 차분하게 앉아 식당 유리창 너머로 보이는 만년설산들을 감상하며 나 스스로에게 집중하는 시간을 가졌다. 세계 최고봉이 있는 산속에서 하루 동안 편안하게 쉴 수 있는 지금 이 순간이 너무 행복하고 좋았다.

고산 마을 구경도 할 겸 밖으로 나갔다. 2주 동안 사용하기에는 내가 가지고 있는 현금이 부족하지 않을까라는 생각이 들던 찰나에 대박! 마침 여기에 ATM 기계가 있었다. 한 번에 최대 10만 원씩 총 5회까지 인출이 가능했다.

'응? 회당 수수료가 5,000원?'

여기는 한국이 아닌 3,000m가 넘는 히말라야 산속이었다. 눈물을 머금으며 엄청난 수수료를 기부했다. 그리고 서서히 마을을 둘러봤다. 각종 기념품과 트레킹 장비 등을 판매하고 있었다. 아무런 준비 없이 히말라야에 온 나와는 달리 어제오늘 숙소에서 본 대부분의 등산객들은 고산병 예방을 위해 머리에 털모자

세계에서 가장 높은 산속에서 열리는 로컬 시장(3,440m)

를 하나씩 쓰고 있었다. 그래서 나도 털모자 하나를 샀다. 무척 따뜻했다.

대자연을 거닐며 서서히 산책 후 숙소에 와서 점심을 먹었다. 충분한 수분 보충을 하며 가져온 책을 읽었다. 책에는 삶에 대한 언급이 되어 있었다.

'방향, 지속, 여유'

머리로는 수도 없이 듣고 배워서 잘 알고 있지만 내 삶에서 적용하며 살지 못할 때가 많았던 부분이다. 인생은 속도보다 방향이고 단거리보다 끈기 있게 인내하며 장거리를 달리는 것이며 그 가운데 여유를 잃지 않는 것이다. 앞서 기록한 1, 2일 차 트레킹 기록을 보면 알 수 있듯이 나는 마음이 매우 조급했었

쿰부 히말라야 지역에서 가장 큰 마을인 남체에서 바라본 빨랫줄 너머의 만년설산

다. 남들보다 그리고 내 예상보다 출발이 늦었다는 생각에 조급한 마음으로 빨리 가려고만 했었다. 방향이 있기는 했지만 속도가 먼저였다. 무엇보다 전체 일정을 바라보며 지속하겠다는 마음보다는 하루하루 일정에 조급하게 쫓기고 있는 나를 발견하였다. 그로 인해 지난 2일 동안 나에게 여유라고는 전혀 찾아볼 수 없었다.

'너무 조급했고 불안했다. 무리한 트레킹이 무릎의 통증으로까지 이어진 것 같았다.'

내일부터는 한 발 한 발 더 천천히 걷기로 했다. 트레킹은 물론 앞으로의 인생을 살아가면서 나만의 방향을 정했으면, 조급함 대신 여유를 갖고 꾸준하게 그 길을 걷기로 다짐했다. 나의 성향상 쉽지 않은 부분이라는 것을 알고 있지만 그럼에도 직접 깨달을 수 있음에 감사했다.

'나는 할 수 있다. 할 것이다. 꼭 그렇게 한다.'

틈틈이 일기를 쓰며 나 자신에게 긍정의 에너지를 가득 채워 넣으려는 의식적 노력과 함께 스스로 동기부여를 했다. 그러면서 앞으로의 내 삶을 더욱 기대하기로 했다. '할 수 있다'는 긍정적인 생각을 마음속에 가득 안고 내가 가장 좋아하는 침낭으로 들어갔다.

내가 가려는 목적지와 아름다운 설산들이 조금씩 보이려고 해서인지, 오늘 하루 남체에서 바라보는 히말라야의 풍경은 유독 더 예쁘게 다가왔었다. 그러나 무엇보다 중요한 건 내 마음에 여유가 생겼고, 결과도 결과지만 이 과정 자체를 즐기기로 했다는 것이다. 역시 사람은 마음먹기 나름인 것 같다.

이렇게 또 하루를 마무리하며 히말라야에서의 3일 차 밤을 보냈다.

최적의 히말라야 트레킹 시기

맑은 하늘과 아름다운 풍경을 즐기며 히말라야를 등반하기에 최적의 시기는 10월 중순부터 12월 초순이다. 우기가 끝나고 건기가 시작되는 시기이며 눈이 오기 전이기 때문이다. 나의 경우 미리 계획하지 않았지만 계획한 것보다 더 감사하게 10월 중순, 가장 좋은 시기에 히말라야에 다녀올 수 있었다.

05

2017.10.19. 목요일.
별이 쏟아지는
히말라야 밤하늘

"고생 끝에 낙이 온다."

Namche(3,440m) → Pangboche(3,943m) 7시간 소요

06시에 눈을 떴다. 아침을 먹고 바로 출발하기 위해 배낭을 챙겼다. 07시 30분, 숙박비와 음식값을 지불했다. 어제 하루 몸도 마음도 충전했고 오늘은 평소보다 일찍 출발했기에 새로운 마음으로 다시 출발하는 것 같은 느낌이었다. 어느새 편안한 마음으로 한 발 한 발 내딛고 있는 나를 발견했다. 1, 2일 차와는 확실히 달라진 모습이었다.

룽다 뒤로 보이는 만년설산

그러나 끝을 알 수 없는 오르막길이 나를 기다리고 있었다.

'아, 너무 힘들다.'

몸은 무겁고 숨쉬기는 불편했다. 한 걸음 내딛기조차 너무 힘이 들었다. 가는 길에 루클라행 경비행기에서 만났던 말레이시아 팀을 만났다. 힘들었던 찰나에 이들과의 만남은 정말 반가웠고 덕분에 에너지를 충전하는 시간이기도 했다. 그들은 고쿄를 향해 가는 길이었고 나는 EBC를 향해 가는 길이었다. 10분 정도 함께 걸으며 간단히 안부를 주고받았다. 잠시 후 갈림길이 나왔고 다시 헤어져야 할 시간이 왔다.

'건! 몸조심하고 행운을 빌게.'

존경스러웠다. 두 발로 냉장고를 배달하는 이들 앞에서 힘들다고 투
덜대는 양심 없는 나란 사람….

여행 속에서 계속되는 만남과 헤어짐은 어쩌면 우리의 인생
과 많이 닮은 것 같다는 생각이 들었다.

저 멀리 긴 내리막길이 보였다. 산을 오르는 중이었기에 오르
막길만 있을 것으로 생각했었다. 그러나 내리막길이 나오기도
했다. 우리는 올라가기 위해 항상 앞으로만, 위로만 가야 하는
것이 아니다. 아래로 내려가야 할 때도 있고 뒤로 돌아가야 할
때도 있다. **오르막은 힘들지만 내리막은 어렵다**. 오르막은 오래 걸

리지만 내리막은 빠르다. 우리 인생에도 오르막과 내리막이 있다. 목표를 이루기 위해 올라갈 수만 있으면 좋을 텐데 때론 내려가는 것도 필요하다. 높이 올라왔기 때문에 내려가기 싫고 그 상태에서 더 높이만, 더 멀리만 갈 수 있으면 좋을 텐데 그게 우리 마음처럼 쉽지는 않다. 이 보 전진을 위한 일 보 후퇴. 내가 원하든 원하지 않든 우리 인생에 내리막은 있기 마련이고 그 과정을 지나며 다시 올라가는 자만이 결국 최종 목표를 이룰 수 있는 것이다.

최초 목적지였던 해발고도 3,860m의 텡보체(Tengboche)에 방이 없었다. 근처 데보체(Deboche)에도 방이 없었다. 왠지 모를 불안감이 들었다.

'설마…. 길바닥에서 자야 하는 걸까?'

끝없는 오르막과 내리막의 반복으로 인해 그만 걷고 싶었지만 길에서 밤을 보내지 않으려면 1시간을 더 이동해야 했다. 해발고도 3,943m의 팡보체(Pangboche)까지 총 7시간이 걸렸다. 반강제적으로 이동한 1시간은 체감상 2~3시간 이상의 체력 소모를 느끼게 했다. 너무 힘든 시간이었다. 오랜 시간의 산행은 물론 해발고도 4,000m에 가까워졌기 때문일까?

여기서 잠깐! 세계 3대 미봉에 대해 알아보자.

1. 네팔 동부 쿰부히말에 있는 아마다블람(위 사진, 6,812m)
2. 네팔 북중부 안나푸르나히말에 있는 마차푸차레(6,993m)
3. 스위스와 이탈리아 국경 알프스산맥에 있는 마터호른(4,478m)

쿰부 히말라야의 얼굴마담인 아마다블람은 오른쪽 주봉의 높이가 6,812m,
낮은 봉우리는 5,563m이다. 아마다블람은 '어머니와 진주 목걸이'라는 뜻이
며, 진주는 만년빙을 상징한다. 세계에서 가장 아름다운 산으로 널리 알려져
있다(여러 이유로 인해 상대적으로 접하기 어려운 풍경은 아마다블람 〉마차
푸차레 〉마터호른 순이다).

이탈리아에서 온 지울리아(Giulia). 그녀는 EBC를 목표로 가이드 1명, 포터 1명과 함께 개인적으로 트레킹 중이었다. 진심으로 정말 멋있었다. 나처럼 혼자 온 사람

점심 메뉴, 야채만 있는 수프와 밥

을 4일 만에 처음 만나니 더욱 반가웠다.

저녁 식사를 하며 옆 테이블에 앉아 있던 남자에게 말을 걸었다. 그는 싱가포르에서 온 랄(Lal). 그 또한 가이드 1명, 포터 1명과 함께 개인적으로 트레킹 중이었다. 생각보다 멋진 사람들이 정말 많았다. 말이 빨라서 이해하는 데 어려웠지만 다른 나라에서 혼자 온 사람들과 대화할 수 있다는 것이 좋았다(내가 EBC를 하루 먼저 갔다가 내려가는 길에 우리는 다시 만났고 몇 개월 후 싱가포르에서 또 만나기로 했다).

화장실에는 수도가 없었다. 양치를 하기 위해 내 피 같은 생수 한 통을 들고 밖으로 나갔다. 자연스레 하늘을 보는 순간 나는 그대로 멈춰버렸다.

히말라야에서는 별 사진을 찍지 못했다. 이해를 돕기 위해 호주에서 미주했던 사진을 넣었다
[photo by 태기(Jason)].

'와, 대박…'

이런 밤하늘은 처음이었다. 행군할 때 봤던 별과 사막에서 마주했던 별이 최고인 줄 알았는데….

사막에서 보던 은하수와는 또 달랐다. 육안으로 보이는 면적을 군이 비교해보자면 그때보다 2~3배 이상 넓게 온 하늘을 덮고 있던 수많은 별과 별자리들. 정말 많아도 너무 많았다. 지금이 하늘을 담아 가고 싶었다.

"혹시 카메라 가지고 계신가요?"

옆방에 있던 백인 어르신, 지울리아 그리고 랄에게 물었지만 이들도 이런 밤하늘을 담을 만한 카메라를 가지고 있지는 않았다.

'아! 이 엄청난 순간을 담아 갈 수 없다니….'

별이 쏟아진다는 표현만으로는 뭔가 2% 부족한 느낌. 해발고도 4,000m의 고산이었고 패딩도 입지 않은 트레이닝복 차림에 맨발이었지만, 30분 넘도록 추위를 잊은 채 목이 뒤로 꺾일 때까지 하늘을 올려다보았다.

믿을 수 없었다. '와'라는 감탄사만 수천 번을 내뱉었다. 꿈같은 시간, 전혀 예상하지 못했지만 갑작스럽게 마주한 히말라야에서의 은하수와 별똥별은 말 그대로 예술이었다. 그 어떤 감탄사와 미사여구로도 설명할 수 없는 그때의 순간을 글로 다 쓸 수 없음이 아쉬울 따름이다. 그러나 한 가지 분명한 건 내 인생에서 처음 경험하는 이 순간이 정말 행복하고 감사했다.

오늘 하루 7시간 산행으로 인해 피로가 누적된 상태, 몰려오는 좋은 느낌을 주체하지 못하고 있던 나였지만 피로 앞에는 장사가 없었다. 쿰부의 얼굴마담 아마다블람이 지켜보는 팡보체에서 기분 좋은 상상을 하며 세상 달콤한 꿈나라로 향했다.

06

2017.10.20. 금요일.

더 높이, 더 멀리
가기 위한 준비

"모두에게서 사랑받을 필요는 없어."

Pangboche(3,943m) → Dingboche(4,410m) 2시간 30분 소요
(도착 후 고도 적응을 위한 2시간 추가 산행, 총 4시간 30분)

밤새 별이 쏟아지는 꿈속을 날아다녔다. 조금 추웠지만 어제
부터는 침낭 위에 이불을 올려놓고 잤더니 따뜻하게 잘 잔 것
같았다. 컨디션도 괜찮았다. 혼자 이곳에 온 멋진 외국인들을
만나 대화한 것도, 별이 쏟아지는 꿈같은 하늘을 두 눈으로 직
접 본 것도 모두 좋은 에너지로 작용한 것 같았다. 앞으로의 트
레킹은 물론 나의 세계 일주 여정이 정말 기대되는 아침이었다.

중간중간 만나는 다양한 국적의 사람들과 친구가 되는 과정 자체도 좋았지만 내가 그들의 나라에 갔을 때 다시 만날 수 있을 것이라는 기대감이 나를 더 행복하게 했다. 그 어느 곳보다 히말라야에서 만난 인연이라면 왠지 모르게 더 특별할 것 같았다.

오늘의 목적지는 해발고도 4,410m에 있는 딩보체. 3~4시간 정도의 트레킹이 예상된다. 매일매일 고도가 높아지지만 스스로 동기부여 하며 힘을 냈다.

'거뜬히 적응할 것이며 무엇보다 내 무릎은 잘 버텨줄 것이다. 목표(방향), 지속(끈기) 그리고 조급함 대신 여유 있게 천천히 한 발 한 발 가보자. 나는 할 수 있다.'

'수버비하니(네팔식 아침 인사)'와 굿모닝을 외치며 네팔인들 그리고 외국인들과 인사를 주고받았다. 거의 90% 이상은 내가 먼저 인사를 건넸다. 몸은 지치고 힘들어도 밝게 웃으며 인사를 건네면 그 순간 힘이 났고 기분이 좋아졌다. 특히 네팔어로 인사를 하면 현지인들은 신기하게 나를 바라보며 더 반갑게 인사를 해주었다. 물론 그냥 지나치는 사람들도 있었다. 이전에 내가 만나온 관계도 그랬고 앞으로 만날 관계도 이와 마찬가지일 것이라는 생각이 들었다. 나를 좋아하는 사람이 있을 것이고, 안 좋아하는 사람도 있을 것이다. 또한 아예 관심 없는 사람도 있을 것이다.

'주변 관계를 일일이 다 신경 쓰며 모두에게 사랑받고 관심받고 싶어 하는 것은 우리의 어리석은 욕심일 뿐이다.'

모두에게 사랑받고 관심받으려 아등바등하기보다는 내 옆에 있는 진짜 소중한 사람들에게 먼저 잘해야겠다는 생각이 들었다.

필수 네팔 인사말(기본 회화)

1. 좋은 아침입니다: 수버비하니
2. 좋은 밤 보내세요: 수버라떠리
3. 안녕하세요: 나마스떼
4. 얼마예요?: 꺼띠 호?
5. 싸게 해주세요: 밀라에러 디누스
6. 감사합니다: 단야밧
7. 나는 한국인입니다: 머 꼬리언 훙
8. 영어 할 줄 아세요?: 떠빠잉 엉그레지 볼누훈처?
9. 화장실이 어디에요?: 쩌르피 꺼하 처?
10. 좋은 하루 보내세요: 수버딘
11. 또 만나요: 페리 베떠웅나

12. 미안합니다: 마푸 거르누스

13. 도와주세요: 구하르

14. 부탁합니다: 그리삐야

15. 당신 이름이 뭐예요?: 떠빠이 남 께 호?

구름이 낮게 깔린 게 아니라 산이 높다는 사실

히말라야 중턱에 있는 오지 마을 팡보체에 엄홍길 대장이 지은 첫 학교, 현재까지 16개의 학교를 지었고 17번째 학교를 짓는 중이다.

2시간 30분 만에 해발고도 4,410m에 위치한 딩보체에 도착했다. 예상보다 빠르게 도착했지만 이제 고도가 제법 높아져서인지 괜찮은 숙소는 이미 예약이 다 끝난 상태였다. 결국 나의 포터 라즈가 추천한 숙소로 갔다. 침대 2개가 있는 2인실이었지만 감사하게 다음 날 아침까지 혼자 사용할 수 있었다. 알고 보니 예약 손님 5명이 해발고도 3,900m쯤에서 고산병 증세를 느끼며 급하게 하산을 한 거였다. 고산병 소식은 들을 때마다 무섭게 다가왔다. 통상 이곳 딩보체도 남체와 마찬가지로 해발고도 3,000m대에서 4,000m대로 바뀌는 지점이기 때문에 높은 고도 적응을 위해 하루 동안 쉬어 가는 경우가 대부분이다.

갑작스레 찾아오는 고산병이 그만큼 무섭고 조심해야 할 존재이기 때문이다. 그러나 나는 하루 휴식 없이 내일 바로 로부체(Lobuche)로 가고 싶었다.

배낭을 숙소에 놓고 생각보다 컸던 딩보체 마을을 둘러보러 나갔다. 아르헨티나에서 온 파블로(Pablo) 아저씨를 만났다. 3년 전 서울 여행 경험이 있으신 아저씨께 친근감을 표현하기 위해 아르헨티나 축구선수 메시 이야기를 꺼냈더니 아니나 다를까 활짝 웃으며 좋아하셨다. 세계적인 축구 스타 메시는 아르헨티나 사람들에게는 신 같은 존재이다. 아저씨의 가이드는 영어도 잘했고 다수의 트레킹 경험으로 인해 노련미까지 느껴졌다. 그 가이드와 몇 마디 대화를 나누며 나의 남은 트레킹 일정 계획을 적어놓은 노트를 보여주었다.

"무리하지 않고 천천히 가면 충분히
가능한 루트야. 고산병 조심해야 해. 무엇보다 너의 컨디션
이 가장 중요해."

나의 포터(짐꾼)인 라즈와 달리 요 며칠 만났던 전문 가이드들은 단순히 길을 안내하는 것도 맞지만, 트레커들의 컨디션 확인부터 숙소를 예약하는 부분까지 뭔가 달라도 달라 보였다. 특히

해발고도 4,410m에서도 도박은 멈출 수 없다(마을 주민, 가이드, 포터 들).

파블로 아저씨의 이 가이드를 보며 느꼈다.

'돈을 더 주고서라도 전문 가이드를 고용하는 이유가 있구나.'

점심 식사를 위해 메뉴판을 보았다. 계속해서 밥을 고집해왔
지만 더 이상은 딱딱한 볶음밥이 넘어가지 않을 것 같았다. 그
래서 한국의 빈대떡 같은 네팔식 야채 피자를 주문했다. 평소처
럼 한국인 입맛에 제격인 밥을 먹었어야 했는데 괜히 먹을 줄도
모르는 퍽퍽하고 두꺼운 피자를 밀어 넣었더니 속이 답답하고
소화가 안 되는 것 같았다.

'어유, 갑자기 왜 이러지.'

배낭에 상비약으로 가지고 다니던 소화제 한 알을 꺼내 먹었다. 그러나 쉽게 괜찮아질 것 같지는 않았다. 이 때부터 고생이 시작됐다.

점심 식사 후 고도 적응을 위해 해발고도 5,073m 낭가르상을 향해 출

펙펙하고 두꺼웠던 문제의 네팔식 야채 피자

발했다. 갔다 와서 나의 컨디션이 괜찮을 경우, 내일 하루 휴식 없이 바로 로부체로 가기로 했다. 역시 쉽지는 않았다. 한 발 한 발 내딛기가 힘들 정도로 숨쉬기 힘들었고 속은 더부룩했지만 참고 올라갔다. 고도가 높아지니 생각했던 것보다 걸음이 더 느려지는 것 같았다.

가고 서기를 수도 없이 반복하며 천천히 그리고 또 천천히 올라갔다. 불편한 몸 상태를 이끌고 무조건 올라가겠다는 집념 하나로만 걷다 보니 어느덧 고도 적응 훈련을 목표로 했던 낭가르상에 도착했다.

'와! 해냈다! 나는 해냈다!'

해냈다는 성취 그리고 기쁨이 저절로 묻어나는 사진. 하루에도 수도 없이 외쳤던 '나는 할 수 있다! 나는 할 수 있다! 나는 할 수 있다!'

　　정상을 정복한 것처럼 행복했다. 여기서 이 정도 성취감과 만족감을 느끼는데 나의 메인 목표인 EBC나 칼라파타르에 도착하면 얼마나 더 행복하고 좋을까.

　　내려가는 길은 몸도 마음도 가벼웠다. 어제 느낀 대로 내리막이 늘 안 좋거나 항상 피해야 하는 건 아니라는 것이다. 때론 내가 더 강해지기 위해(고도 적응) 올라갔지만 다시 내려가기도 해야 한다. 더 높이 올라가기 위한 준비 과정이 필요하다. 만약 휴식과 적응 시간 없이 무조건 올라가기만 한다면 결국 고산병을 만나 하산을 해야 할 수도 있다. 고산병이 심할 경우에는 위급 상황이기에 긴급 헬리콥터를 호출하는 경우도 있다. 비용은 몇백만 원이다.

우리 인생도 마찬가지다. 내가 원하든 원하지 않든 내리막은 있기 마련일 것이다. 더 큰 목표를 이루기 위해서는 지금 있는 곳 또는 지금보다 더 아래에서 새로운 도약과 적응을 위한 휴식이 필요할 때도 있을 것이다. 남은 트레킹과 앞으로의 인생을 살아가면서도 조급함보다는 내리막과 휴식 시간을 즐길 줄 아는 여유 있는 삶을 살고 싶다는 생각이 들었다.

기대 이상으로 가벼운 몸과 마음으로 내려왔지만 숙소에 도착하니 속은 더부룩하고 갑자기 피로감이 몰려왔다. 낮에 잠을 안 자려고 했으나 짐을 정리하고 침대에 앉으니 잠이 몰려왔다. 1시간 정도 낮잠을 자고 일어나니 감사하게도 컨디션이 괜찮았다.

저녁 식사 후 어제의 환상적인 밤하늘을 기대하며 천천히 주변 산책을 했다. 매우 추운 날씨였지만 이곳에는 야외 클럽이 있었다. 이런 고산에서 어둡고 작은 불빛과 스피커에서 흘러나오는 음악에 몸을 맡기는 현지인들. 고된 일상을 이렇게라도 이겨내며 하루를 마무리하는 걸까? 신기했고 대단했다.

물티슈로 얼굴과 팔다리 그리고 몸통을 닦고 침낭으로 들어갔다. 오늘 하루 예상보다 컨디션이 좋았음에 감사하며 내일 아침에도 컨디션이 좋기를…. 하루하루 느끼며 깨닫는 것들은 물론이거니와 올라갈수록 더 큰 대자연의 위엄을 느낄 수 있어서일까? 갈수록 더 힘들어지는 게 사실이었지만 그보다 더 기대가 되었다.

히말라야 트레킹 시 Tip

1. 로지 식당에서 따뜻하게 끓인 물을 L 단위로 구매할 수 있다. 차를 주문하여 마실 수도 있지만 미리 티백을 준비해 가서 차를 우려 마시기를 추천한다. 잠자기 직전 주문한 물통을 침낭 속에 넣고 자면 난로가 따로 없을 정도다. 밤사이 식으면 아침에 그날 식수로 이용하면 된다. 하지만 올라갈수록 L당 3,000~5,000원이 넘는 어마어마한 금액의 물을 마시게 될 것이다.

2. 3,000m 이상부터는 하루에 500m 이상 고도를 높이지 않는 것이 좋다. 만약 그 이상 고도를 높여야 할 경우에는 그 지점에 올라갔다 다시 내려와서 안정을 취한 후 다시 올라가야 한다. 급작스럽게 높아진 고도를 우리 몸이 체감하고 적응할 수 있는 시간이 필요하기 때문이다. 8,848m의 에베레스트산을 등반하기 위해서도 마찬가지다. 하루하루 고도를 높이며 꾸준하게 올라가는 것이 아닌 에베레스트 베이스캠프(5,364m)에서 그 이상의 고도까지 올라갔다 내려와서 휴식을 취해야 한다. 그리고 다시 조금 더 올라갔다 다시 내려와서 휴식을 취한다. 이러한 과정을 며칠 동안 반복하며 몸이 높은 고도에 적응할 수 있게 시간적 여유를 가지면서 꼭대기에 올라가는 것이다.

07

2017.10.21. 토요일.

할 수 있다는
긍정의 힘

"도전은 새로운 삶과 만나는 방법이다."

Dingboche(4,410m) → Lobuche(4,910m) 4시간 소요.

06시쯤 눈을 떴다. 밤사이 두세 번 깨긴 했지만 잘 잤다. 07시 25분 오늘의 목적지인 로부체(Lobuche)로 향했다. 이른 아침 체 감기온은 몹시 추웠다. 준비 부족으로 인해 장갑은 손가락장갑 뿐이었다. 그로 인해 손가락 마디 끝이 시렸고 등산 스틱을 잡 는 것조차 힘들었다. 하루가 지날수록 준비와 계획의 중요성을 느끼는 중이다. 걷다 보니 서서히 해가 떠올랐고 덕분에 굳어 있던 몸이 풀리기 시작했다. 이게 뭐라고 괜히 행복했다. 내리막과 오르막을 반복하며 중간 지점인 투클라에 도착했다.

"건! 여기서 점심 먹고 가자."

라즈는 배가 고픈지 여기서 점심을 먹고 가자고 했다. 나는 어제 점심때 먹은 피자로 인해 속이 불편한 상태였다. 그러나 내가 아무것도 먹지 않으면 라즈 역시 배고픔을 참고 트레킹을 해야 했기에 라즈를 위해 잠시 쉬어 가기로 했다. 나는 고산병 예방에 좋다는 마늘 수프 한 그릇을 주문했다. 말이 좋아 마늘 수프지 으깬 마늘 1쪽을 맹물에 올려준 느낌이었다. 메시의 나

체감기온이 느껴지는 사진

히말라야 감성 식당

라에서 온 파블로 아저씨를 다시 만났다. 어제 잠깐 본 사이였지만 반가웠다.

"아저씨! 오늘 컨디션 어떠세요?"
"나는 괜찮아, 너는 어때?"
"속이 조금 더부룩하지만 그래도 괜찮아요."

라즈가 말하길 이곳부터는 숙소 구하기가 더 어려워지다 보니 본인이 먼저 가서 방을 알아본다고 했다. 반가운 소식이기도 했지만 이 힘든 길을 정말 나 홀로 트레킹 해야 하는 상황이 찾아왔다. 이제 오르막 돌길의 시작이다. 딱 봐도 길 자체가 삭막하고 험해 보였다. 과거 빙하지대였던 돌밭에서 뿌리를 내리고 살아가는 잡목들과 큰 돌들이 전부였다. 너무 힘들었다. 높은 해발고도에 강한 추위는 물론 급격히 가팔라진 경사 그리고 누적된 피로로 인해 체력이 저하되는 시점이었다. 그로 인해 한 발 한 발 내딛는 속도가 어제보다 훨씬 느려지고 있다는 게 느껴졌다.

힘들었지만 꼭 해내고 싶었다. 몇 걸음 가지 못해 멈춰 서서 크게 숨을 두어 번 내쉬고 다시 걷기를 반복했다. 턱밑까지 차오르는 거친 호흡으로 인해 주저앉고 싶을 때가 한두 번이 아니었지만, 올라가면서 '나는 할 수 있다'를 수십 번씩 외쳤다. 정말 혼자만의 싸움이었다. 계속해서 호흡은 거칠어지고 다리에 힘이 빠졌지만 그렇다고 힘없이 고개 숙인 상태로 오르고 싶지는 않았다. 오히려 다른 사람들과 주고받는 인사를 통해서라도 스스로 좋은 에너지를 만들고 싶었다. 힘들지만 억지로라도 힘을 내는 듯한 나의 목소리에 대부분의 사람들은 같이 인사를 해줬다. 몇몇은 힘없이 혹은 그냥 지나치기도 했지만 그냥 지나치는 이들의 반응에 크게 신경 쓰지 않았다. 이런 사람도 있고 저런 사람도 있기에 긍정의 에너지를 주고받을 수 있는 사람들에게 집중했다.

'컨디션 어때? 괜찮아?'라는 인사에 젖 먹던 힘까지 다 짜내며 헥헥거리는 숨소리와 함께 '좋아! 괜찮아'라고 답했다.

"와, 너 대단하다. 강함과 에너지가 느껴져!"

밝게 웃고 싶은 마음과 달리 잘 웃어지지 않는 표정이었다.
하지만 좋은 에너지가 느껴진다며 격려를 해주는 사람들의 짧
은 인사말에 괜찮다고, 좋다고 답을 하면 할수록 힘이 나는 것
같았다. 신기했다. 계속되는 오르막으로 인해 지금 걷는 이 고개
의 끝이 어디인지 알 수 없었고 막막해 보였던 돌길의 연속이었
지만 정신을 차려보니 어느덧 나는 5,000m에 가까운 고개(투클
라 패스) 하나를 넘고 있었다.

'결국 또 하나의 고개를 넘다니.'

감격스러웠다. 6일 동안 체감상 가장 힘든 코스였다. 할 수 있
다는 긍정 에너지 덕분에 어렵게 한 고비를 넘길 수 있었다. 휴
식하며 만난 독일과 알바니아에서 온 남자들 중 독일인은 1년
4개월 동안 세계 일주 중이며 유럽을 시작으로 중동, 인도, 네
팔과 동남아를 거쳐 우리나라까지 갈 예정이라고 했다. 인도에
서 5개월의 시간을 보내고 왔다는 말에 마치 우리나라인 것처
럼 괜히 더 반가운 마음이 들었다. 역시 인도는 매력 터지는 곳
이 분명하다. 인도 여행에 대해 웃으며 몇 마디 나누다가 'So
Crazy'라는 문구로 결론을 내렸다. 웃으며 공감할 수밖에 없는

풍경 보소. 고생 끝에 낙이 온다더니, 내가 계속 트레킹을 할 수 있었던 이유

말이었다.

잠시 후 4명의 네팔 포터들이 앞에서 걸어오고 있었다. 힘들었지만 웃으며 인사를 건넸다.

"수버비하니."
"(하하) 수버비하니."

그들은 정말 역대급 밝고 큰 목소리로 인사를 해주었다. 덕분에 자연스레 미소가 지어졌고 더욱 힘이 났다. 근데 갑자기 앞에 가던 백인 아주머니가 우릴 쳐다보며 뭐라 하는 게 아닌가.

"아, 시끄러워! 너희들 나라 가서 그렇게 웃고 떠들어!"

들자마자 기분이 팍 상했다. 우리가 무슨 고성방가로 시끄럽게 했나? 다 같이 힘들고 지치지만 힘내자는 의도로 밝게 인사를 주고받은 게 전부였다. 대부분의 사람들과는 밝게 인사를 주고받았지만 이 백인 아주머니는 뭐지? 컨디션이 많이 안 좋으셔서 예민하신 건가? 동양인이라고 괜히 인종차별 하며 시비를 거시는 건가? 함께 인사를 주고받았던 현지인들도 어이없다는 표정을 지으며 그 자리를 떠났다. 순간적으로 욱하는 마음에 화

나의 포터(짐꾼) 라즈

를 내고 싶었다. 그러나 갑작스러운 상황에 너무 당황스러웠다. 그래서 짧은 영어로 무슨 말을 해야 할지도 몰랐다. 아예 무시하며 못 알아듣는 척하려다가 잘 참고 우선은 '알았어요, 미안합니다'라는 말과 함께 그곳을 지나왔다. 아무리 생각해도 너무 당황스러웠다. 트레킹을 하며 만났던 사람들 중 가장 이해할 수 없는 사람이었다. 그러나 오면서 느낀 대로 이런 사람들 때문에 불필요하게 내 에너지를 빼앗기고 싶지 않았다. 남에게 피해를 주면 안 되지만 과하게 남을 의식하거나 신경 쓸 필요는 없다는 생각이 들었고 세상에는 참 다양한 사람들이 있다는 것을 느낄 수 있었다(아니었기를 바라지만 여러 국가에서 비슷한 경험을 몇 번 했었는데 알고 보니 백인우월주의로부터 나오는 인종차별인 경우가 많았다).

드디어 해발고도 4,910m에 위치한 로부체 마을 도착.

트레킹 하며 수도 없이 외치던 말, '나는 할 수 있다.'

'행복이 별거냐? 이런 게 행복이지!'

· 저 멀리 마을이 보이고 그 앞에 라즈가 나를 기다리고 있었
다. 라즈는 나보다 먼저 도착해서 방을 예약해둔 상태였다. 나
혼자 사용할 수 있는 곳이었으며 그것도 해가 잘 드는 따뜻한
방이었다. 이 녀석 어리지만 생각보다 괜찮은 것 같다. 며칠 동
안 물로 씻기는커녕 속옷과 양말을 자주 갈아 신지도 못했지만
그럼에도 뭔가 행복하고 좋았다. 간단히 짐을 정리하고 침대에
앉아 창문으로 들어오는 햇볕을 쬐고 있으니 갑자기 피로감이
몰려왔다. 지금 자면 밤에 잠들기 어려울 것 같아 선크림을 덧

바르고 밖으로 나갔다.

로지 밖으로 나가자마자 감탄사가 절로 나왔다. 파노라마처럼 펼쳐진 세계 최고의 만년설산들이 뿜어내는 웅장함과 아름다움은 말로 다 표현할 수 없었다. 쿰부 히말라야 대자연에 압도당하며 서서히 주변 산책 후 방으로 들어왔다. 아직도 여전히 소화가 안 되는 것 같았다. 그래도 감사하게 식욕은 있는지 3,500원 하는 공깃밥을 시켜 미리 준비해온 고추장과 캔 참치를 비벼 마늘 수프와 함께 조금 이른 저녁을 먹었다. 속이 더 불편해지기 전에 미리 소화제도 한 알 먹었다.

저녁을 먹으며 혼자 트레킹 중인 사람들을 만났다. 작년까지 중학교에서 과학 선생님으로 재직하시다 올해 퇴직하신 60세 일본인 아저씨. 산을 무척이나 사랑하는 분이셨다. 우리나라도 7번 넘게 방문하셨고 한라산, 지리산, 설악산 등 한국의 명산들을 모두 등반해본 경험이 있으셨다. 내 나이대의 아들, 딸들이 있으신 아저씨와 나는 서툰 영어지만 30분 정도 대화를 나눴다. 아저씨는 중간중간 일본어와 특유의 일본인 스타일의 추임새를 섞어가며 말씀하셨다. 그분의 포터 또한 친근했고 착해 보였다. 결혼 3년 차 스물네 살의 포터. 한 살 된 딸이 있고 여기서 포터로 일하며 생계유지를 하는 것은 쉽지 않아 보였다. 스물네 살에 아빠이며 남편이라니 대단했다. 부럽기도 했지만 스물네 살에 집안의 가장으로 생계를 책임지며 살아간다는 게 가능할까 싶었다.

잠시 후 40대 전후로 보이는 스페인 바르셀로나 출신의 남자를 만났다. 한 달 휴가 중 3주를 네팔에서 보내는 그가 부러웠다. 서양인들을 만나 대화를 하면 할수록 우리나라도 이런 휴가 제도가 필요하다는 것을 절실히 느꼈다. 우리나라 직장인의 경우 연평균 5~6일 정도 휴가를 사용하는 것 같다. 그렇기 때문에 이런 2주 이상의 코스인 히말라야 트레킹에 도전하는 것은 어려운 편이다. 또한 이들처럼 충분한 여유를 누리며 세계 곳곳을 자유롭게 경험하는 것도 어려운 것 같다. 몸도 마음도 피곤했지만 하산 중인 스페인 남자로부터 들은 따끈따끈한 EBC와 칼라파타르 등반 후기는 나를 더 설레고 기대하게 했다. 아쉬웠지만 트레커들과

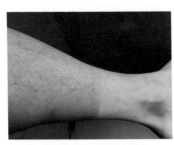
햇볕에 노출된 부분은 빨갛게 익어버렸다

못다 한 이야기는 다음을 기약하며 방으로 들어왔다. 돌아보니 정말 쉽지 않은 하루였지만 오늘도 포기하지 않고 끝까지 해낸 스스로에게 박수를 보내고 싶었다.

'건아! 오늘도 정말 수고했어.'

여기서 잠깐!

1. EBC

Everest Base Camp의 약자로 에베레스트산을 등반하기 위한 기지가 될 캠프. 일반인들이 쿰부 히말라야 지역을 트레킹 할 때 가장 많이 찾는 지역이며, 에베레스트 베이스캠프라는 상징적 의미가 있는 곳이다.

2. 칼라파타르

해발고도 약 5,550m에 위치한 히말라야산맥의 일부. EBC와 마찬가지로 이 지역을 트레킹 하는 사람들이 가장 많이 찾는 지역이며 에베레스트산을 감상하기 위해 가장 접근하기 쉬운 봉우리이다. 상대적으로 쉬운 편이지 일반인들에게 결코 쉽다고 말할 수는 없다. 그러나 산악 장비 없이 누구나 도전할 수 있는 지역이다. 칼라파타르 봉우리에 오를 경우 에베레스트산은 물론 로체산과 눕체산의 빼어나게 아름다운 풍경을 바로 눈앞에서 감상할 수 있다.

08 2017.10.22. 일요일.
베이스캠프를 가다(EBC 정복)

"에베레스트에서 먹는 뽀글이의 맛!"

Lobuche(4,910m) → Gorakshep(5,140m) 3시간 소요 /
Gorakshep(5,140m) ↔ EBC(Everest Base Camp, 5,364m) 왕복
4시간 소요

어젯밤 속이 많이 불편했는지 바로 잠들기 어려웠다. 새벽에 몇 번 깨긴 했으나 그래도 푹 잘 잤고 06시 10분에 눈을 떴다. 평소보다 더 빠르게 짐 정리를 하고 06시 30분에 아침을 먹었다. 식빵 2개에 계란 2개, 나에게는 말도 안 되게 부실한 식단이었지만 여기는 네팔 히말라야. 간단히 요기를 한 후 06시 45분

이른 아침, 내가 머물렀던 숙소 창문

고락쉡을 향해 출발했다. 고도가 높아지면 높아질수록 아침 기온은 더 차갑게 느껴졌다. 또한 양손에 끼고 있는 장갑은 손가락장갑이었기에 스틱을 잡을 수 없을 만큼 추웠다.

'건! 이 장갑 껴.'

추위에 떨며 걷고 있던 중 갑자기 누군가가 장갑을 내밀었다. 며칠 전 팡보체 마을 로지에서 처음 만난 이탈리아 친구 지울리아였다. 그녀도 오늘 아침 일찍 트레킹을 시작한 것 같았다. 히말라야에서 만난 외국인의 호의는 손가락도 손가락이지만 무엇보다 내 마음까지 따뜻하게 만들어줬다.

EBC와 칼라파타르를 가기 위해 꼭 들러야 하는 고락쉡 마을.
푸모리산과 그 아래 검게 보이는 칼라파타르 정상. 7,145m 푸모리산의 위엄

올라갈수록 숙소 구하기가 어렵다 보니 숙소 예약을 위해 라즈를 먼저 보내고 나는 그녀의 가이드와 함께 천천히 발걸음을 옮기기로 했다. 평지를 지나고 오르막길이 시작됐다. 고생의 연속이다. 사서 하는 고생 그리고 돈 쓰면서 하는 고생.

낙석들이 쌓인 빙하지대가 쭉 이어지는 좁고 험한 길이 나왔다. 교통체증이 심한 좁은 길목에서 옆으로 살짝 비켜서며 마주오는 한 여성에게 먼저 가라는 말과 함께 손짓을 했다.

"(웃으며) 젠틀맨."

조급함 대신 여유를 가지려 노력했기 때문에 망설임 없이 길을 양보할 수 있었다. 그리고 그녀의 말 한마디에 괜히 기분이 좋아졌다.

올라갈수록 험해지는 길을 따라 걷고 또 걸어 해발고도 5,140m 고락쉡에 도착했다. 라즈는 어제 로지에서 만났던 일본인 아저씨와 같은 방을 예약해놓았다.

식당에서 안 자고 방에서 잘 수 있다니 다행이었다. 그러나 여전히 속은 불편했다. 이른 시간이었지만 EBC에 가기 위해서

는 뭐라도 먹어야 했다. 그래
서 감자야채볶음 위에 계란
프라이 하나를 올려 간단히
점심을 먹었다.

심장이 두근거렸다. 배낭
은 숙소에 두고 가벼운 몸과
마음으로 출발했다. 숙소 뒤

양념 감자볶음과 계란 프라이 한 개. 속이 좋
지 않아 점심은 최대한 간단히 먹었다.

편으로 7,879m 눕체가 떡하니 병풍처럼 나를 바라보고 있었다.
눕체를 보는 순간 동네 똥강아지처럼 기분이 좋아졌다. 오른쪽

에베레스트 베이스캠프 가는 길. 내일은 칼라파타르

7,879m의 눕체산.
말이 필요 없다. 예술 그 자체

으로 펼쳐진 빙하지대를 감상하며 걷고 또 걸었다. 그러나 점점 발걸음이 무거워졌다. 야생 그대로의 크고 작은 돌들이 나를 반겨줬다. 이러한 오르막 내리막이 끝없이 이어지는 너덜길은 고도가 높아지는 것과는 또 다른 고통을 만들어내기 시작했다. 그래도 힘든 이 순간을 버티며 계속 걸을 수 있었던 힘은, 드디어 에베레스트 베이스캠프를 간다는 설렘과 함께 7,000~8,000m대의 만년설로 뒤덮인 세계 최고봉들의 파노라마를 사방에서 감상할 수 있었기 때문이었다.

드디어 해발고도 5,364m EBC에 도착했다! 감격스러운 순간. 내가 그토록 바라고 기대하던 EBC에 왔다니, 믿을 수가 없었다. 작은 푯말 앞에는 인증 사진을 찍기 위한 사람들이 모여 있었다. 나도 기다렸다가 자랑스러운 태극기를 들고 사진을 찍었다. 그리고 사랑하는 가족들과 가까운 지인들 그리고 미래의 나 자신에게 보낼 영상 편지를 카메라에 담았다. 가족들과 나 자신에게 영상 편지를 찍는 순간 울컥했다. 가족들이 너무 보고 싶었다. 그동안의 힘들었던 순간이 스쳐 지나갔다. 외롭고 힘든 여정이었지만 끝까지 잘 해낸 스스로에 대한 감격과 성취감을 비롯한 수많은 감정들이 한꺼번에 몰려오는 것 같았다.

차분하게 마음을 가라앉히고 드디어 오늘의 하이라이트인 나의 버킷리스트 EBC에서 뽀글이(봉지 라면에 뜨거운 물을 부어 컵라면과 같은 방식으로 조리한 라면) 먹기! 보온병에 미리 준비해온 따뜻한 물을 신라면 봉지에 부었다.

'여기서 컵라면도 아닌 뽀글이를 먹다니…'

역사적인 순간. 한 입 먹는 순간 감탄사가 절로 나왔다. 군대에서 야간 행군을 하며 먹었던 라면보다 더 맛있었다. 요 며칠

속이 불편했지만 이 순간만큼은 모든 것을 잊은 것 같았다. 인생 뽀글이 라면

태극기와 함께 EBC 인증 사진

빙하지대와 만년설산이 만들어내는 환상적인 EBC 주변 풍경

속이 불편했던 건 다른 사람 이야기였나 보다. 에베레스트 베이스캠프에서 맛본 뿌글이는 평생 잊을 수 없을 것이다.

사방에 펼쳐진 세계 최고의 환상적인 만년설산들을 감상하며 마지막 국물 한 방울까지 다 마신 후 숙소로 복귀하기 위해 발걸음을 내디뎠다. 그러나 올 때와 다르게 몸 상태가 조금 이상했다.

'어? 속이 왜 이러지?'

갑자기 배가 아팠다. 더부룩했던 속이 내려가려고 하는지 배 속에서 요상한 소리 났다. 긴장이 풀려서일까. 식은땀이 흐르며 몸에 힘이 빠지고 무거워지는 것 같았다.

'큰일이다. 아직 숙소까지는 한참 남았는데….'

도저히 걸을 수가 없었다. 걷고 멈추기를 수도 없이 반복했다. 몇 번이고 주저앉고 싶었다. 수많은 돌들로 이루어진 좁고 험한 너덜길을 걷고 또 걸었다. 그러다 갑자기 정신을 차려보니 내 앞에 로지가 나타났다. 반가웠지만 머리가 어질어질, 여기서 쓰러져도 전혀 이상하지 않을 몸 상태였다. 도착과 동시에 화장실로 직행했다. 속은 조금 괜찮아진 것 같았지만 체력 소모가 많았는지 몸에 힘이 쫙 빠져버렸다. 7일 동안 가장 힘든 시간이었다. 우선은 과자와 초코바로 에너지를 보충했다. 꿀맛도 이런 꿀맛이 따로 없었다. 식당에 앉아 차분하게 휴식을 취하며 저녁을 먹었다. 세상에서 가장 달콤했던 핫초코도 한잔 마셨다.

그러나 몸 상태가 좋지 않았다. 남은 일정을 잘 소화할 수 있을지 걱정이 되기 시작했다. 천근만근 몸은 무겁고 피곤했다. 그래서 오늘은 평소보다 조금 일찍 자기로 했다. 세계 최고봉 에베레스트 뒤로 떠오르는 일출을 감상하기 위해 내일 새벽 04시에 해발고도 5,550m 칼라파타르 정상으로 가야 한다. 내일이면 에베레스트 봉우리를 가장 가까이에서 감상할 수 있다는 기대감이 나를 설레게 했다. 밖에는 찬바람이 강하게 몰아쳤지만 그럼에도 역시 침낭 속이 세상에서 가장 따뜻하고 안전한 것 같았다.

2017.10.23. 월요일.

나아갈 용기를
얻는 법

"죽기 직전, 드디어 에베레스트를 마주하다."

Gorakshep(5,140m) ↔ Kala Patthar(5,550m, 일설에 의하
면 5,643m라고 한다) 3시간 30분 소요 (1시간 30분은 휴식)
/ Gorakshep(5,140m) → Lobuche(4,910m) 2시간 소요 →
Dzongla(4,830m) 2시간 30분 소요
(총 8시간 소요)

지금까지의 모든 로지들이 방음이 거의 안 됐지만 여긴 유독
심했다. 옆방인지 윗방인지 모르겠지만 부스럭거리는 소리에
몇 번이고 자고 깨기를 반복하며 밤을 보냈다. 처음 계획은 03

시 50분에 일어나서 04시에 출발 예정이었다. 잠결에 시계를 보니 03시 55분이었다. 서둘러 아저씨를 깨웠다.

"아저씨! 아저씨! 일출 보러 가셔야죠."

위로 올라갈수록 방이 부족했다. 그래서 어제는 침대가 두 개인 방을 일본인 아저씨와 같이 썼다. 평소와 달리 옷을 여러 겹 껴입으며 트레킹 준비를 하고 식당으로 내려갔다. 방이 부족해서 식당 의자와 바닥에서 자는 사람들이 눈에 띄었다. 라즈를 찾았는데 보이지 않았다. 약속한 시간이 지났음에도 나타나지 않는 라즈를 보며 기분이 좋지 않았다. 계속해서 시간이 지체되는 게 싫어서 조금만 더 기다려보고 그래도 안 오면 혼자 출발하려고 했다. 아저씨도 자신의 가이드를 기다리며 멍하니 앉아 계셨다. 결국 라즈는 어제 약속했던 시간보다 30분이나 늦게 나타났다. 이 녀석 어딘가에서 계속 자는 줄 알았는데 그래도 더 늦지 않게 나타나줘서 고마웠다.

04시 30분 세계 최고봉을 가장 가까이에서 마주하기 위해 밖으로 나갔다. 하늘에는 한 점의 예술 작품이 박혀 있었다. 며칠 전 팡보체에서 마주했던 밤하늘과는 또 달랐다. 아무런 기대도 하지 않았는데 다시 한번 이렇게 쏟아지는 별들과 마주하다니…. 고도가 높아서일까? 정말 바로 앞에 별자리들이 떠 있는 것 같았다. 신기했고 또 신기했다. 이 새벽에 히말라야에서 이런 풍경을 감상할 수 있다니….

감탄을 뒤로한 채 드디어 칼라파타르(Kala Patthar) 등정을 시작했다. 올라가면 갈수록 내 머리 위에 떠 있는 북두칠성은 점점 더 크게 보이기 시작했다. 체감하기로는 내 바로 앞에 세상에서 가장 큰 북두칠성이 떠 있는 것 같았다. 엄청 컸다. 나침반 같고 가이드 같았다.

이른 새벽 오직 헤드랜턴 불빛에만 의지하여 천천히 한 발 한 발 내디뎠다. 자석이 땅에서 나를 끌어당기는 것 같았다. 가고 서기를 반복하지 않고는 도저히 오를 수 없는 상태였다. 숨쉬기가 힘든 것은 물론 발걸음을 옮기는 것 자체도 쉽지 않았다. 앞쪽으로는 나보다 일찍 출발한 사람들의 헤드랜턴 불빛이 보였다. 뒤를 돌아보니 끝없이 이어지는 수많은 헤드랜턴 불빛이 만들어내는 예술적인 대열이 눈에 들어왔다. 엄청난 광경이었다. 세계 최고봉 에베레스트산 뒤로 떠오르는 일출 광경을 보기 위해 이른 새벽부터 고생하며 이곳을 오르는 독특한 사람들이 생각보다 많았다. 그들을 보며 더 힘을 냈다. 대한민국 육군 장교의 자부심과 이 젊음 그리고 튼튼한 두 다리로 06시 전에 꼭 정

이른 새벽어둠과 추위를 뚫고 트레킹 하는 사람들, 아무것도 보이지 않는 곳, 오직 헤드랜턴에만 의지해서 올랐어야 했다

상에 도착하고 싶은 마음뿐이었다. 에베레스트산 위로 떠오르는 태양과 마주하겠다는 단 하나의 집념이 나를 오르고 또 오르게 만들었다. 근데 솔직히 너무 힘들었다. 올라가는 동안 울컥하기도 했다. 그것도 두 번이나….

그러나 여기까지 왔는데 포기하고 싶지 않았다. 이를 악물고 스스로 동기부여 했다. 이왕 올라가는 거 일출 시간에 늦고 싶지도 않았다. 그래서 더 큰 압박감과 함께 무리해서 등반을 했다. 출발이 조금 늦었지만 반드시 정상에 올라서서 떠오르는 일출과 마주하고 싶었다. 이른 새벽 얼마나 강한 집념으로 급하게 올랐는지 고산에 특화된 라즈였지만 나보다 한참 뒤에 올라오고 있었다. 일본인 아저씨 또한 숙소에서 같이 출발했지만 언제부터인가 보이지 않으셨다.

도착한 것 같았는데 또 돌아서 올라가고 다시 옆으로 돌아서 올라가기를 수도 없이 반복했다. 몰아치는 거친 호흡을 참고 또

참으며 오른 끝에 드디어 세계 최고봉 에베레스트산을 가장 가까이에서 마주할 수 있는 해발고도 5,550m(일설에 의하면 5,643m) 칼라파타르 정상에 도착했다. 쉽지 않은 등정길이었다. 시계를 보니 소름이 돋았다. 정확히 목표했던 시간인 06시 정각이었다. 바로 앞에는 눈으로 뒤덮인 푸모리산(7,145m)이 두 팔 벌려 나를 반겨주는 것 같았다. 세상을 다 가진 기분이었다. 나는 결국 해냈다. 숨 돌릴 틈도 없이 벅차오르는 감동을 생생하게 기록하기 위해 앞에 보이는 현지 가이드에게 영상 촬영을 부탁했다.

'건아! 수고했어, 역시 넌 해낼 줄 알았어. 최고야, 정말.'

만감이 교차하며 영상을 촬영하는 동안 나도 모르게 몇 번이고 울컥했다.

어제 식당에서 만난 가이드의 말과는 달리 태양이 에베레스트산 꼭대기 위로 떠오르기까지는 시간이 필요했다. 생각하건대 일출 시간은 06시였지만 태양이 높은 산봉우리를 넘어오기까지 많은 시간이 필요하겠구나 싶었다. 옷을 여러 겹 껴입었지만 매서운 추위를 견디기에는 역부족이었다. 몸을 가누기조차 힘들었다. 바닥에는 자리 잡고 제대로 앉기도 힘든 뾰족한 돌들뿐이었다. 에베레스트산을 가장 가까이에서 볼 수 있는 곳이기

3개의 봉우리 중 맨 뒤에 솟아 얼굴만 빼꼼 보여주는 대장 보스 에베레스트

칼라파타르 정상에서 떠오르는 일출을 기다리는 사람들

는 했지만 최고 보스임에도 로체와 눕체 뒤에 숨어 얼굴만 살짝
보여주는 모습은 솔직히 조금 아쉬웠다.

추위에 덜덜 떨며 1시간 30분을 기다린 후 드디어 바로 앞에
병풍처럼 펼쳐진 세계 최고봉 형님들인 로체(8,511m), 에베레스
트(8,848m), 눕체(7,879m) 뒤로 2017년 10월 23일의 태양이 떠올
랐다. 감격의 순간이었다. 결국 나는 또 해냈다는 엄청난 성취감
을 느낄 수 있었다. 또한 이 역사적인 순간을 통해 쉽지 않았던
지난 8일간의 여정이 위로받는 시간이었다. 행복하고 감사했다.
이번 칼라파타르 등정을 통해 다시 한번 조급하지 말고 여유를
가져야겠다는 생각을 했다. 또한 분명한 목표를 갖고 해보자고
달려들면 이룰 수밖에 없다는 것을 생생하게 느끼는 시간이었

다. 포기하지 않고 여기까지 올라와 준 스스로에게 고마웠다. 그리고 자랑스러웠다.

다시 내려가기 아까울 정도로 가장 고생하며 올라온 길이었지만 맑은 날씨에 최고의 풍경을 보게 해준 세계 최고봉에 인사를 한 후 아쉬움과 함께 발걸음을 옮겼다. 내려가는 길에 엊그제 만났던 독일, 알바니아 남자 2명을 만났다. 쿰부 히말라야를 트레킹 할 경우 보통 사람들은 EBC와 칼라파타르 등정 후 바로 하산을 한다. 이들 역시 오늘 하산 예정이라고 했다.

"만나서 반가웠어. 조심히 내려가!"
"고마워, 너도 몸조심해."

트레킹과 여행은 물론 우리의 인생도 이처럼 만남과 헤어짐의 연속이다.

동네 똥강아지처럼 가벼운 마음으로 신나게 뛰어 내려가기 시작했다. 중간 지점에서 일본인 아저씨를 만났다. 아저씨는 늦게 올라오셨지만 일출을 보고 나보다 먼저 내려가시는 길이었다. 함께 인증 사진을 찍었다. 올라가는 나의 모습을 보셨다면서 엄지손가락을 치켜세워 주셨다.

에베레스트와 눕체 사이로 떠오르는 태양

'역시 대한민국 군인! 역시 대한민국 육군 장교!'

감사했고 뿌듯했다. 일본인 앞에서 한국인의 강인함을 자연스레 보여줄 수 있었으니까. 나 또한 적지 않은 연세에 이곳을 등반하신 아저씨의 열정과 도전에 엄지손가락을 치켜세우며 대단하다고 말씀드렸다. 올라갈 때와 달리 신나게 뛰어 내려와서 그런지 30분 만에 로지에 도착했다. 배가 고팠다. 갈 길이 멀었기에 후다닥 가방을 챙기고 무려 5,000원이나 하는 밥 한 공기를 주문했다. 역사적인 날이기에 비상식량인 캔 참치와 튜브 고

칼라파타르 정상에서 떠오르는 일출을 기다리는 사람들

추장으로 맛있게 아침을 먹었다. 이제 내 다음 목표는 5,420m
의 고개인 촐라 패스(Chola Pass)를 넘는 것이다.

　로부체(Lobuche, 4,910m)까지 다시 내려가는 길에 팡보체에서
만났던 싱가포르인 랄과 남체 가는 길에 만났던 우크라이나인
그룹도 만났다. 이들은 딩보체에서 하루 동안 고도 적응을 한
후 올라오는 길이었다. 출발과 동시에 만난 내리막길은 걸을 만
했다. 그러나 잠시 후 끝없이 펼쳐지는 너덜길과 돌로 이루어
진 평지를 걷는 것은 너무 힘이 들었다. 맑고 화창한 날씨와 파

쉴 때는 제대로 쉬어야 한다.
휴식의 정석(from 군대)

란 하늘 그리고 만년설산을 선명하게 볼 수 있어서 다행이었다. 만약 날씨까지 흐렸다면 중간에 누군가의 부축을 받으며 걸었어야 할 정도로 몸에 힘이 쫙 빠진 상태였다. 이대로 쓰러진다 해도 이상하지 않을 정도였다. 이 와중에 오늘 목적지인 종라 (4,830m)까지 갈 수 있을지 아니면 무리하지 않고 로부체(4,910m)에서 하루 쉬어야 할지 고민이 되기 시작했다.

촐라 패스를 넘기 위한 길은 출발부터 쉽지 않았다. 이른 새벽 칼라파타르를 등정하며 오늘 쓸 체력을 모두 소진했는지 당장이라도 주저앉고 싶었다. 속은 더부룩하고 정신은 흐려졌지만 어떻게 해서든 정신을 차리려고 노력했다. 우여곡절 끝에 로부체 로지에 도착했다. 에너지 충전을 위해 핫초코와 따뜻한 물을 주문했다. 군대에서 행군할 땐 휴식을 위해 전투화와 모양말(군용 양말)을 벗었었다. 지금 히말라야에서의 나는 등산화와 등산양말을 벗고 눈을 감았다. 2016 브라질 리우 올림픽에서 5점

앞을 향해 걷다가 한 번씩 뒤를 봐줘야 한다. 앞만 보고 갔으면 놓쳤을 뒷배경. 인생에서 쉼과 돌아봄이 필요한 이유

을 연달아 획득하며 한국 펜싱 에페 사상 첫 금메달을 획득한 박상영 선수가 떠올랐다. 그리고 조용히 나만 들을 수 있는 목소리로 말하기 시작했다.

'나는 할 수 있다. 나는 할 수 있다. 나는 할 수 있다.'

1시간 정도 편안하게 쉬면서 스스로 동기부여 하는 시간을 가졌다. 오전 내내 너무 힘이 들어서 이곳에서 하루 쉬어 갈지 그냥 갈지 고민을 했었다. 그러나 신기하게도 잠깐의 휴식을 통해 몸도 마음도 어느 정도 충전이 된 것 같았다.

다시 힘을 내보기로 했다. 종라로 향하는 길은 이전에 걸었던

길과는 또 다른 느낌이었다. 한 사람만 지나갈 수 있는 아주 좁은 길이었지만 사진이나 영상으로 접하기 어려운 아름답고 신비스러운 자연의 길이었다. 로부체에서 바로 하산하는 사람들은 많았지만 그곳부터 종라까지 가는 동안 길 위에서 만난 사람은 단 3명뿐이었다. 그마저도 모두 반대편에서 오는 사람들이었다. 히말라야의 여러 트레킹 코스 중 쿰부 히말라야(EBC와 칼라파타르)를 목표로 오는 사람은 상대적으로 적은 편이다. 그리고 그중에서 촐라 패스를 넘는 사람은 훨씬 더 적다. 조용했고 인적은 드물었다. 마치 다른 세계를 걷는 것 같았다.

종라까지는 30분 정도 남은 상태. 어제까지는 올라가고 내려가는 사람들이 보였는데 오늘은 지나가는 사람조차 없어서일까. 갈수록 너무 힘이 들었다. 여기까지 왔는데 힘들다고 중간에 멈춰 설 수도 없는 노릇이었다. 이를 악물고 마지막 힘을 짜내기 시작했다. 평지도 힘들었지만 오르막은 아주 미칠 것 같았다. 며칠 전부터 내가 라즈에게 부탁했었다.

"라즈! 내가 힘들 때 'I can do it'이라고 외치면 'You can do it'을 외쳐줘."
"오케이, 걱정하지 마! 그렇게 해줄게."
"나는 할 수 있다!" "너는 할 수 있어!"

힘들 때마다 큰 소리로 3번씩 내뱉었다. 트레킹 하며 수없이 외치며 들었던 말이다. 라즈는 나이에 비해 상당히 똑똑하고 좋은 녀석 같았다. 힘든 길이었지만 할 수 있다는 외침과 아름다운 자연을 벗 삼아 마지막까지 이를 악물며 한 발 한 발 내디뎠다. 로부체까지 오는 동안 평소보다 더 힘들어하는 나를 보며, 4시간 정도 소요될 것이라 했던 라즈의 예상과는 달리 종라까지 2시간 30분 만에 도착할 수 있었다. 천천히 걷는다고 걸었지만 그래도 생각보다 빨리 걸었던 것 같다. 이곳에는 아예 로지 자체가 별로 없었다. 로지가 없으니 당연히 방도 없었다. 이럴 수가! 큰일이다.

종라에 몇 개 없는 숙소였지만 포기하듯 방문했던 마지막 숙소에 마지막 남은 침대 하나가 있었다. 기적이었다. 그것도 오늘의 룸메이트는 한국인 김 씨 아저씨. 얼마 만에 만나는 한국인인지 모르겠다. 머무를 수 있는 숙소 자체도 반가웠지만 이곳에서 만난 한국인은 더 반가웠다. 올라오면서 봤던 한국인 단체 등산객 그룹과 일본인 아저씨를 제외하고는 동양인은 아예 보지도 못했다. 식당에서 이야기를 나눠보니 산을 좋아하시는 분이었다. 히말라야에 대해 아는 것도 많으셨다. 이번 트레킹을 위해 준비도 어마어마하게 해 오신 것 같았다. 멸치조림, 깻잎장 등의 반찬을 소분하여 준비해 오셨고 뜨거운 물이 담긴 컵에 바로 넣어 먹을 수 있는 각종 국 블록수프도 준비해 오셨다.

내가 머문 곳 중 가장 작았던 마을, 종라

'히말라야 트레킹을 하려면 이렇게 준비해야 하구나.'

많이 배웠다. 또한 휴가를 이용해서 히말라야까지 오는 여유
와 체력이 대단하시다는 생각이 들었다.

'나도 체력 관리 잘해서 앞으로도 하고 싶은 거 하고, 가고
싶은 곳 가면서 행복하게 살아야지.'

식사를 마치고 티백으로 차 한잔을 우려 마시며 옆 테이블에
앉아 계신 백발의 노인과 인사를 나누게 되었다. 과거에 고등학
교 선생님으로 재직하셨던 76세의 미국인 할아버지. 믿을 수 없
는 연세였다. 히말라야에서 만난 최고령이셨다. 진짜 대박이었
다. 도저히 믿을 수가 없었다. 칠레 파타고니아 지역에서 2년 동

안 시간을 보내셨었고 인도의 스위스라 불리는 최대의 휴양도시 마날리를 자주 가신다고 했다. 세계 곳곳의 자연 여행을 사랑하시는 분이셨다. 지금은 무려 가이드 1명, 포터 3명과 함께 약 한 달 동안 히말라야 산들을 천천히 움직이며 머무르는 중이셨다. 진심으로 대단하고 존경스러웠다. 미국인 특유의 리액션을 섞어가며 영어듣기평가보다 훨씬 천천히 말씀하시는 할아버지와 친구처럼 가깝게 지내면 참 좋겠다는 생각이 들었다. 영어 공부는 물론 인생에 대해서도 많이 배울 수 있을 것 같았다. 옆에 계신 김 씨 아저씨를 보며 갓난아이가 트레킹에 도전했다며 아이를 안고 우쭈쭈 젖먹이는 모습을 연출하시기도 했다. 다양한 몸짓과 추임새를 섞어가며 말씀하시는 할아버지와의 대화는 편안하고 재미있었다. 히말라야 트레킹 하며 만난 가장 임팩트 있는 만남이었다.

한국인 아저씨께서 나눠주신 양념 멸치볶음을 밥 위에 얹어 마늘 수프와 함께 든든한 저녁을 먹었다

외관만 봐도 춥다

오늘 다시 한번 느꼈다. 많은 이들이 가는 코스와는 다르게 가고 있는 나 자신이 정말 멋지고 자랑스러웠다. 돌아보면 지금까지의 나의 삶은 늘 그랬었다. 잘나고 못나고를 떠나서 남들과 조금은 다른 인생을 살아왔다. 물론 과거에는 그 다름이 싫었다. 그래서 나의 소원은 제발 평범하게 사는 것이었다. 그러나 지금의 나는 같기보다는 다르게 살기를 꿈꾸는 중이며 앞으로도 다르게 살고 싶다. 남들이 정해놓은 그들의 기준에 나를 억지로 끼워 맞추며 살아가는 삶 말고, 한 번뿐인 인생 내 가슴이 시키는 대로 나답게 한번 살아보자. 그래서 누군가의 인생에 울림을 주는 삶, 선한 영향력을 끼치는 그런 삶을 살자. 또한 오늘 오후 로부체에서 경험한 1시간은 휴식의 중요성을 다시 한번 느끼는 시간이었다. 어디서 무엇을 하든 앞만 보고 정신없이 달려가기보다는 때론 멈춰 서서 여유 있게 쉬어 갈 수 있는 사람이 되자.

이른 새벽부터 밤까지 참 많은 것을 보고, 듣고, 느끼며 스스로를 돌아볼 수 있는 시간이었다. 돈 주고 살 수 없는, 그 무엇보다 의미 있고 가치 있는 하루를 보낼 수 있음에 감사했다. 몸은 피곤했지만 마음만은 세상에서 가장 가볍고 부자가 된 것 같았다. 어제보다 더 차분하고 편안하게 긍정의 에너지를 가득 품고 침낭으로 들어갔다.

10　2017.10.24. 화요일.

기회는
도전하는 자에게 온다

"빙하 위를 걷다니, 믿을 수 없어!"

Dzongla(4,830m) → Chola Pass(5,420m) 3시간 소요 →
Dragnag(4,700m) 2시간 15분 소요 → Gokyo(4,790m) 2시간
10분 소요

05시 50분 아저씨의 인기척을 듣고 일어나 짐을 챙기고 식당으로 갔다. 그곳에서 나를 기다리고 있던 건 다름 아닌 딱딱한 밥. 일주일이 더 지난 밥으로 요리를 한 것 같은 볶음밥이었지만 오늘도 나는 살기 위해 먹어야 했다.

내 눈높이보다 아래에 있던 4,830m에서 마주한 구름

　　오늘은 3Pass 중 두 번째로 넘기 어려운 고개, 촐라 패스(Chola Pass)를 넘는 날이다(Pass는 고산 속 마을과 마을을 이어주는 하나의 고개). 어김없이 아침부터 속이 더부룩했다. 걸음걸이 또한 가볍지 않았다. 다행히 해가 잘 떠 있어서 춥지 않게 트레킹을 시작할 수 있었지만 날씨와는 별개로 촐라 패스 정상을 향해 가는 길은 정말 쉽지 않았다. 말 그대로 돌로만 이루어져 있는 큰 바위산이 나타났다. 스틱이 아닌 손으로 땅을 짚으며 넘어야 하는 가파르고 위험한 길이었다. 울고 싶었다. 등산인지 암벽등반인지 분간이 안 가는 코스였다. 몇 발자국 가지 못한 채 멈춰 서고 다시 가기를 반복했다. 속은 더부룩했고 몸은 너무 무거웠다. 거칠게 뿜어져 나오는 호흡과 함께 계속되는 돌길을 오르고 또 올랐다. 올라가는 길에 슬로바키아인, 캐나다인 그리고 이탈리아인을

두둥! 이번에는 촐라 패스다

만났다. 이탈리아인 남자는 서울이나 인천에 갈 경우 알아두면 좋을 만한 여행 정보를 물었다.

"나한테 연락해."
"하하하."

최고의 답이었지만 사실 나도 우리나라에 대해 잘 모른다는 것을 이때 깨달았다. 돌아가면 우리나라도 구석구석 둘러봐야겠다는 생각이 들었다. 그래서 외국인 친구들이 오면 우리나라 이곳저곳을 소개해줘야지.

한참을 죽을 둥 말 둥 오르다 보니 눈과 얼음이 섞인 빙하길

화창한 날씨, 나는 저 앞에 보이는 돌산을 넘으러 간다

이곳을 오르며 중간에 마주한 압도적인 전경. 이래서 멈출 수 없었던 트레킹

이 나타났다. 방금 전까지 힘들어 죽을 것 같았지만 언제 그랬 냐는 듯 눈앞에 펼쳐진 아름답고 신비스러운 길에 반해버렸다. 이 곳을 지나는 트레커들은 준비해온 아이젠(얼음이나 눈 따위에 미끄러지 지 않도록 등산화 밑에 덧신는 도구)을 착용하는 모습이 보였다. 하지만 나는 아이젠은커녕 네팔 현지에서 구매한 짝퉁 등산화뿐이었 다. 스틱을 활용하여 앞서 지나간 사람들의 발자취를 따라 한 발 한 발 내디뎠다. 신기했다. 마치 영화 겨울왕국이 생각났다.

'믿을 수 없어! 내가 해발고도 5,400m가 넘는 히말라야 빙 하 위를 걷고 있다니.'

인증 사진은 필수지. 꽁꽁 언 빙하를 스틱으로 한 땀 한 땀 뚫어가며 이렇게 찍은 사진은 아마 내가 최초이지 않을까

신기한 마음에 지친 발걸음을 잠시 잊은 채 빙하 위를 걷고
또 걸으며 촐라 패스 정상을 향해 올랐다. 힘든 것도 잠시 잊은
채 마냥 즐거웠다. 빙하길이 끝나고 다시 내 앞에 돌로만 이루
어진 가파른 산이 나타났다. 미칠 듯이 힘들었지만 참고 또 참
았다. 두 발로 오르고 있는 건지 양손에 쥔 스틱을 땅에 찍으며
억지로 기어 올라가는 건지 알 수가 없었다. 얼마나 지났을까
눈앞에 드디어 무언가가 보이기 시작했다. 그곳은 칼날같이 쪼

개진 돌들이 층층이 쌓여 있는 듯한 해발고도 5,420m 촐라 패스 정상이었다. 생각보다 많은 서양인들이 미리 자리를 잡고 있었다. 나와 다른 코스인 반대편에서 올라온 사람들이었다. 양옆, 앞뒤 할 것 없이 어디에 시선을 두더라도 감탄할 수밖에 없는 만년설산들의 파노라마는 심히 아름답고 신비스러웠다. 동쪽에 자리하고 있는 세계 최고봉 에베레스트부터 사방에 펼쳐진 최고봉들은 너나없이 각자의 위용을 뽐내고 있었다. 구름이 시야를 조금 가려서 아쉬웠지만 그럼에도 정말 최고였다. 그동안 몸이 조금 힘들었어도 이러한 순간과 마주할 때면 잠시나마 위로를 받는 것 같았다.

360도 사방 어딜 둘러봐도 아름다움을 뿜어내기 바쁜 촐라 패스 정상에서 꿀 같은 휴식을 취한 후 당낙(탕낙)으로 향했다. 어제까지는 맑고 푸른 하늘이었는데 오늘은 갑자기 등장한 낮게 깔린 구름이 내 앞을 가리기 시작했다. 촐라 패스 정상까지 올라올 때와는 비슷한 듯 또 다른 길이었다. 평지도 아닌 바위를 쌓아놓은 듯한 내리막길은 상당히 위험했다. 발을 헛디디는 순간 바로 저세상으로 가겠지?

"조심해! 가파른 길이야."

다시 봐도 그냥 달력이다. 촐라 패스 정상에서

반대편에서 올라오던 외국인 두 명이 조심하라는 신호를 보내왔다. 그들이 보기에도 위에서 내려가는 내가 아찔해 보였나 보다. 바람막이를 두 개나 껴입고 야크털로 만든 모자까지 쓰고 있었지만 너무 추웠다. 태양은 온데간데없이 사라지고 온 천지에 먹구름과 강풍만 가득했다. 정신을 바짝 차리고 긴장하며 한 발 한 발 조심스럽게 내디뎠다. 오르막 내리막이 끝도 없이 반복된 후 계속해서 이어지는 내리막을 지나 드디어 당낙(탕낙)에 도착했다.

'아, 살았다.'

점심은 토스트 두 조각과 계란 프라이.
이거 먹고 어떻게 여길 트레킹 했을까….

안도의 한숨이 뿜어져 나왔다. 마음 같아서는 여기서 하루 쉬어 가고 싶었다. 그러나 로지 주인으로부터 3시간 정도 열심히 걸으면 이곳을 넘어 다음 마을로 갈 수 있다는 말을 들었다. 조금 힘들더라도 그렇게 할 경우 내일 하루 고쿄에서 조금 더 여유로운 일정을 보낼 수 있을 것 같았다. 잠시 고민 후 조금 무리를 해서라도 움직여보기로 했다. 배는 고팠지만 속이 더부룩

고줌바 빙하. 많이 녹았지만 경이로움 그 자체였다

해서 무언가를 먹기에는 부담스러웠다. 그래도 에너지가 필요
했기에 토스트에 계란으로 간단히 점심을 해결했다. 식사를 마
치고 등산화와 양말을 벗고 최대한 편한 자세로 핫초코 한잔을
마셨다. 꿀맛도 이런 꿀맛이 없었다. 하지만 몸은 천근만근 무거
웠고 더 이상 걸을 힘이 없었다.

식사 후 방을 예약하기 위해 아저씨의 가이드 람(Lam)을 먼저
보내고 우리는 내 포터인 라즈와 함께 천천히 가기로 했다. 삭
막하다는 표현만으로는 모든 것을 다 표현할 수 없는 바위와 돌
밭의 연속이었다. 걷고 또 걸었다. 아기공룡 둘리가 생각나는 고
줌바 빙하가 나타났다. 아무것도 몰랐지만 아저씨께서는 그때
그때 히말라야에 대해 설명을 해주셨다. 이 빙하는 지구온난화

로 인해 불과 얼마 전에 다 녹아 사라졌다고 했다. 빙하를 볼 수 없어서 아쉬웠지만 흔적만으로도 과거에 이곳이 얼마나 거대했는지를 짐작해볼 수 있었다.

갈수록 날씨가 안 좋아지는 것 같았다. 온 천지가 구름으로 뒤덮였고 끊임없는 오르막과 내리막의 반복이었다. 흐린 날씨로 인해 시야가 좁아졌다. 오로지 내 두 발만 보였다. 사방에서 불어오는 강풍으로 인해 너무 추웠다. 평소와 달리 라즈가 유독 빨리 걷는 것 같았다. 내가 천천히 가라고 했지만 그래도 빨리 가는 녀석, 오늘따라 은근히 호흡이 맞지 않았다. 어린 나이에 이 코스가 처음이어서 한계에 다다른 걸까? 그래도 라즈는 내가 '나는 할 수 있다'를 외치면 '너는 할 수 있다'를 외쳐줬다. 여기까지 왔으니 이왕이면 아저씨께서 추천하신 렌조 라 패스(Renjo Ra Pass)까지 넘어보고 싶었다. 3Pass 중 상대적으로 가장 괜찮은 코스라고 하셨다. 바로 라즈에게 제안했다.

"라즈! 우리 렌조 라 패스까지 같이 넘어보자. 어때?"

그러나 라즈의 표정은 밝지 않았다.

"라즈! 우리만 가는 게 아니고 아저씨와 그의 경험 있는 가이드 람도 함께할 거야. 너도 향후 전문 가이드가 되려면 새로운 코스도 경험하는 게 좋지 않겠어?"

라즈에게 제안했다. 오늘따라 유독 걸음이 빠르고 비협조적이었던 녀석. 트레킹 하며 만났던 포터들 중 어린 편에 속했던 그는 하루 이틀 더 일해서 돈을 벌기보다는 집에 빨리 가서 쉬고 싶어 하는 눈치였다.

"건! 나 못 가겠어."

전혀 예상하지 못한 답변에 몹시 당황스러웠다. 평소와 달리 그는 너무나도 단호하게 렌조 라 패스를 넘을 수 없다고 대답했다. 무엇이 문제였을까? 갑자기 몰려드는 불안한 기운과 함께 기분이 좋지 않았다. 순간 멍한 느낌이 들었지만 우선은 계속해서 라즈와 대화를 시도했다.

"너는 왜 시도조차 하지 않고 처음부터 안 된다고 하는 거야? 한번 시도해보고 그래도 안 되면 그때 안 된다고 할 수도 있지 않아? 나는 너와 함께 여기까지 왔는데, 네가 못 한다고 하면 나는 어떡하냐?"

라즈는 아무 말 없이 불편한 표정으로 나를 바라봤다.

"라즈! 너는 할 수 있어, 우리에겐 경험 있는 가이드 람도 함께하잖아."

오히려 나는 나 같은 포터를 만나길 바랐지만 주객이 전도된 것 같았다. 내 생각이겠지만 아무래도 라즈는 처음 경험해야 하는 코스이기에 갑자기 흐려진 날씨로 인해 순간적으로 걱정이 되었던 게 아닌가 싶었다. 만약 전체적인 트레킹 일정이 늘어나면 오히려 나는 라즈에게 돈을 더 줘야 한다. 그리고 라즈는 돈을 더 벌 수 있을 텐데…. 이해하기 어려웠다. 만약 라즈가 정말 갈 수 없다고 할 경우 그를 내버려 두고 나 혼자 갈 수도 없는 상황이었다. 그러나 라즈에게 억지로 강요하고 싶지는 않았다.

"라즈! 그럼 이따 저녁에 람과 이야기해봐. 그래도 정말 어려울 것 같으면 가지 말자. 그러나 너도 앞으로 전문 가이드가 되기 위해 거쳐야 하는 과정이니 이 기회를 잘 활용했으면 좋겠어. 너를 위해서도 좋은 기회니까."

그는 고개를 끄덕였다. 검은 먹구름과 강추위로 인해 몸이 지칠 대로 지친 상태였는데 예상치 못한 상황으로 인해 마음까지

고쿄 호수와 마을 전경

불편하고 불안했다. 어떻게 보면 나에게 가장 큰 힘이 되어주었던 라즈였는데.

'갑자기 왜 이렇게 다운이 된 거지?'

라즈의 표정과 예상치 못한 태도가 계속해서 떠올랐다. 불편하기도 했고 짜증이 나기도 했다. 하지만 내가 고용한 포터라고 무조건 내 마음대로 하고 싶지는 않았다. 스스로가 좋은 선택을 하길 바라며 기다려보기로 했다. 돌산과 빙하를 오르내리며 쉽지 않은 트레킹을 했다. 출발할 때 3시간을 예상했으나 2시간 10분 만에 에메랄드빛 호수가 있는 해발고도 4,790m 고쿄(Gokyo)에 도착했다.

'와, 예술이다! 이렇게 높은 곳에 호수가 있다니.'

태어나서 본 호수 중에 가장 아름다웠다. 세계에서 가장 높고 아름다운 곳에 있는 고쿄 호수. 날씨가 조금 흐렸지만 내일 맑은 날씨에서 보면 더 아름다울 것 같았다.

내일은 고쿄 리(Gokyo Ri)를 다녀온 후 오후에 주변 산책을 하며 편하게 쉴 예정이다. 더부룩한 속과 함께 갑자기 악화된 날씨와 예상하지 못했던 라즈의 태도로 인해 몸도 마음도 지치는 하루였다. 또한 그동안 계속해서 쌓인 피로로 인해 몸이 휴식을 요구하는 것 같았다.

로지 식당에 앉아 저녁 식사를 하고 따뜻한 물을 마시며 차분하게 휴식을 취했다. 너무 피곤해서 방으로 가려던 찰나, 갑자기 라즈가 나를 찾아왔다.

"건! 내일 하루 쉬었다가 모레 렌조 라 패스까지 같이 넘어 보자."
"잘 결정했어. 고마워. 같이 가보자, 라즈!"
'녀석! 아까는 많이 힘들고 지쳤었나 보네.'

촐라 패스를 넘어오느라 많이 지쳐 있는 상태였지만 라즈의 말 한마디를 듣는 순간 지친 몸보다 더 지쳐 있던 마음이 편안 해졌다.

방에 들어와서 물티슈로 간단히 몸을 닦았다. 못 씻은 지 일 주일이 지났다. 하루를 돌아보니 오늘 고쿄까지 오는 길 중간중 간 경사가 너무 가파르고 힘들었다. 엄청 큰 돌산을 넘고 빙하 를 오르고 다시 큰 돌산을 올라 어렵게 넘어온 촐라 패스. 그 이 후부터 갑자기 나타나서 앞을 가렸던 먹구름과 강추위. 거기다 라즈의 예상치 못한 태도까지. 무엇보다 마지막에 나타났던 오 르막 너덜길을 오를 때에는 다리에 힘이 풀려 한 걸음 내딛기 조차 힘들었다. 그러나 내가 지나온 순간들을 돌아보며 '나는 이곳 또한 넘을 수 있다'는 자기암시와 '할 수 있다'는 생각으로 한 발 한 발 천천히 내디뎠고 결국 이곳까지 왔다. 트레킹도 인 생도 마찬가지다. 큰 산을 넘기 전 두려움과 걱정이 앞서는 경 우가 많다. 그러나 그럼에도 먼저는 할 수 있다는 자신감을 갖 는 게 중요하다는 것을 배웠다. 만약 내가 마지막 오르막길에 서 포기하고 싶은 마음에 사로잡혔거나, '이걸 또 어떻게 넘지' 라는 생각을 했다면 결코 해내지 못했을 것이다. 하루하루 몸과 마음이 힘든 순간의 연속이지만 그럼에도 이런 경험을 통한 배 움과 깨달음이 있어서 좋았다. 하지만 누군가 나에게 다시 한번 촐라 패스를 넘어보겠냐는 제안을 한다면 나는 그 사람과 절대 말도 섞지 말아야지!

감자볶음, 소스, 마늘 수프로 저녁을 먹었다. 나는 고기가 먹고 싶었다

어제, 오늘 동양인을 아예 보지 못했음은 물론이고 서양인들도 많이 보지는 못했다. 그만큼 이곳은 상대적으로 쉽지 않은 트레킹 코스라는 것이며 그런 코스를 트레킹 하는 나 역시 평범하지 않다는 것을 느꼈다. 좋게 말하면 특별한 건데 내가 생각하기에 그냥 또라이 같았다. 막무가내로 가고 있는 나란 사람. 갈수록 피로가 누적되고 체력은 떨어졌지만 하루하루 새로운 코스를 지나며 거대한 산을 넘어가는 스스로가 대단했다. 그렇게 계속해서 스스로를 격려했다. 오늘 밤도 꿀 휴식을 기대하며 따뜻한 물병을 몸에 안고 침낭으로 들어갔다.

가이드와 포터들이 싫어하는 루트

나중에 알게 된 사실인데 촐라 패스를 넘기 위해 오르고 내려야 하는 가파른 낙석 지대는 날씨가 흐리고 바람이 불 경우 많이 위험하기 때문에 가이드와 포터들이 싫어하는 루트라고 한다. 올라갈 때는 그나마 괜찮았지만 고개를 넘어 내려오는 길이 험하기도 했고 그로 인해 라즈 역시 평소보다 더 힘들고 예민했었던 게 아니었을까.

2017.10.25. 수요일.

현명한 사람일수록
페이스를 조절한다

"거친 숨소리, 심장이 터질 것만 같은 곳"

Gokyo(4,790m) → Gokyo Ri(5,360m) 2시간 소요 →
Gokyo(4,790m) 1시간 소요

어제는 방을 함께 쓰는 아저씨의 코 고는 멜로디를 자장가 삼아 스르르 잠이 들었다. 밤사이 2~3번 깨긴 했으나 내일 하루 이곳에 더 머무를 수 있었기에 부담 없이 편안하게 잘 수 있었다. 몸이 화장실에 가고 싶다는 신호를 보내오며 06시 45분 자연스럽게 눈이 떠졌다. 히말라야 트레킹을 하면서부터는 날씨가 춥고 물을 자주 마시다 보니 화장실 가는 횟수도 평소보다 많아졌다.

일어나서 밖을 보니 생각보다 날씨가 좋았다. 왠지 기대되는 하루의 시작. 오늘은 과연 고쿄 리(Gokyo Ri)를 등반하며 이 아름 다운 풍경 속에서 어떠한 깨달음을 얻을 수 있을지, 이른 아침 부터 설레는 마음을 가득 안고 계란 샌드위치로 간단하게 아침 을 먹었다.

08시 10분, 왼쪽으로는 고쿄 호수가 있는 돌다리를 지나 고쿄 리를 향해 출발했다. 그러나 막상 밖에 나와 보니 고쿄 리 정상 에 올라서서 아름다운 전경을 볼 수 있을지 걱정이 됐다. 일어 났을 때와는 달리 아침 일찍 안개가 자욱했기 때문이다. 그렇지 만 시간이 지나면서 안개가 걷히길 기대하는 마음으로 한 발 한 발 내디뎠다.

오늘 하루 다른 곳으로 이동하지 않고 이곳에서 쉴 수 있다는 생각 때문이었을까. 평소와는 달리 큰 부담감이 없던 탓인지 마 음은 편안해서 좋았지만 그 덕에 몸이 조금은 퍼진 것 같았다. 생각보다 많이 힘들었다. 며칠 전 새벽 에베레스트 산봉우리 뒤 로 떠오르는 일출을 보기 위해 칼라파타르 등반을 할 때보다 거 의 2배 정도는 더 힘든 느낌이었다. 경사가 45도를 넘어 50, 60

도를 넘었고 심할 때는 70도를 넘는 것 같았다. 도저히 속도는 안 났고 손에 잡고 있는 스틱에 의지하여 거북이걸음으로 아주 천천히 올랐다. 해발고도 5,000m에 가까운 곳에서 2시간 만에 고도를 600m 정도를 더 높여야 하는 일정은 결코 쉽지 않았다. 땅에 엎드려 기어가는 건지 두 발로 걸어가는 건지 알 수 없는 가파른 경사였다. 몸이 힘들어지니 마음에 가지고 있던 여유는 온데간데없이 사라져버렸다. 다른 생각은 아예 할 수도 없었다.

'아, 너무 힘들다. 미치겠어. 쓰러질 것 같아….'

몸에 힘은 빠지고 정신은 흐려지는 것 같았지만 절대 포기하고 싶지는 않았다. 이왕 시작했으니 할 수 있다는 긍정적인 마음으로 이번에도 정상에 오르고 싶은 간절한 마음뿐이었다. 그러나 내 마음속 의지를 비웃기라도 하듯 가파른 경사와 높은 고도로 인해 숨이 멎을 것 같았고 아무리 걸어도 제자리걸음이었다. 몇 발자국 가지 못해 계속해서 멈춰 서서 쉬고 걷기를 반복하며 올랐지만 그래도 너무 힘이 들었다. 도대체 이 고산과 오르막은 언제 적응이 되는 건지, 정상은 어디에 있고, 언제 도착할 수 있는지 아무것도 보이지 않았고 알 수도 없었다. 얼굴은 찡그려지고 심장은 터질 것만 같았다. 하지만 그럼에도 어떻게 해서든 고쿄 리 정상에 올라가고 싶었다. 거친 숨을 몰아 내쉬며 천천히 그리고 꾸준하게 오르고 또 올랐다. 히말라야에 와서 개인 페이스의 중요성을 느꼈기에 그 깨달은 것들을 떠올렸다. 방향, 지속, 여유! 다른 누군가의 속도가 아닌 고쿄 리 정상을 향해 나만의 속도로 여유를 갖고 천천히 걷기. 한 발 한 발 내딛을 때마다 계속해서 스스로에게 동기부여 하며 적용하려고 노력했다.

로지를 나선 지 정확히 2시간이 지난 후 해발고도 5,360m에 위치한 고쿄 리 정상에 도착했다. 내가 약한 걸까, 이곳이 힘든 걸까. 이 오르막이라는 녀석은 이제 제법 적응될 때도 된 것 같았지만 아무리 오르고 올라도 울고 싶을 만큼 힘이 들었다. 고쿄 리 정상에 오르자 다행히도 구름이 눈앞에 보이는 여러 봉우리들을 절묘하게 비켜 지나가고 있었다. 그 구름들은 내 발아래에 머물러 있었다. 나는 마치 손오공이 되어 구름 위에 떠 있는 것 같았다. 고개만 들면 사방에 파노라마 물결치는 만년설산들이 만들어내는 숨 막히게 아름다운 풍경이 눈앞에 펼쳐져 있었다. 감탄사가 절로 터져 나왔다. 저 멀리 보이는 눈 덮인 산들은 마치 거대한 다이아몬드가 빛나는 것 같았다.

'와! 말도 안 돼. 이거 그림이야? 진짜야? 내가 이거 보려고 여기까지 왔구나.'

왼쪽에 솟아 있는 봉우리가 에베레스트산

감격스러웠고 눈물이 날 거 같았다. 만약 내가 두 다리가 아닌, 헬리콥터를 타고 이곳에 왔어도 이런 감정을 느낄 수 있었을까?

옆에 계시던 아저씨께서 설명해주시길 우리 앞에 보이는 봉우리들 중 8,000m가 넘는 고봉만 4개가 보인다고 하셨다. 에베레스트(8,848m), 로체(8,511m), 마칼루(8,481m), 초오유(8,153m), 이 고봉들이 왜 세계의 지붕이라 불리는지 알 것 같았다. 에베레스트 베이스캠프나 칼라파타르 정상에 섰을 때와는 또 다른 풍경이었다. 그때보다는 조금 더 멀리에서 마주하는 봉우리들이었지만 여러 고봉들 한가운데서 바라보는 360도로 펼쳐져 있는 세계 최고의 만년설산들의 아름다움은 감히 말로 다 표현할 수

정말 환성적인 고쿄 리 정상에서 바라본 풍경

없었다. 고쿄 리는 쿰부 히말라야 코스 중 에베레스트를 비롯한 여러 고봉들의 아름다움을 한눈에 감상할 수 있는 가장 좋은 곳이기도 하다. 그래서 날씨가 좋을 때 고쿄 호수 앞 또는 고쿄 리에 등반하여 사진을 찍거나 경치를 감상하기 위해, 다른 곳에 가지 않고 우리 로지가 있는 고쿄 마을에서만 며칠 혹은 몇 주씩 시간을 보내는 사람들도 있다. 그만큼 고생도 많이 해야 하고 숙식으로 인한 비용도 많이 들겠지만 충분히 그럴 만한 가치가 있겠다는 생각이 들었다. 역시 경험하지 않고는 알 수 없었

저 멀리 에베레스트산과 어제 넘어온 고줌바 빙하 그리고 구름

을 텐데 이렇게 내가 직접 경험 후 듣는 이야기들은 무척이나
쉽게 공감할 수 있었다.

　잠시 후 마치 꿈같은 관람 시간이 다 끝났다고 알리는 것처
럼 구름 떼가 눈앞을 완전히 가려버렸다. 에베레스트를 배경으
로 맑은 하늘과 함께 사진을 찍고 싶었으나 구름으로 인해 쉽
지는 않았다. 그래도 이곳에서 주변 고봉들을 마음껏 감상할 수
있었다는 그 자체만으로도 큰 행운이었다. 보통은 아무리 성수

기본 카메라로 담은 풍경. 색 보정 따위는 하지 않았다. 왼쪽에 고쿄 마을과 고쿄 호수. 올라갈 땐 심장이 터질 것만 같았지만 내려가는 길은 가팔랐음에도 눈 호강하느라 행복했다

기라 할지라도 구름이 많고 날씨가 흐린 경우 아예 주변 풍경을 감상하지도 못하고 내려가는 사람들이 많다고 들었다. 그러나 나는 이번 트레킹에서 환상적인 히말라야의 자연경관을 감상한 후 기분 좋게 숙소로 향했다. 내려가서 쉴 수 있고 식사를할 수 있다는 생각에 발걸음이 가벼웠다. 그럼에도 고산이고 체력이 많이 떨어진 상태였기에 조심히 내려갔다. 매일 느끼는 중이지만 만약 스틱이 없었다면 이곳을 어떻게 오르고 내렸을지. 올라올 때 미처 감상하지 못한 고쿄 호수는 자연 그대로의 아름

다움을 뿜어내는 내 인생에서 본 가장 아름다운 호수였다. 해발고도 5,000m에 있는 에메랄드빛 자연 속 호수. 마침 구름이 바람과 함께 호수 위를 타고 지나가는 것 같은 풍경이 연출되기도 했다. 본 사람만 공감할 수 있는 이 감정을 어떻게 말로 다 표현할 수 있을지. 사진으로 다 담아 올 수 없음이 아쉬울 뿐이었다. 믿을 수 없는 이러한 풍경을 내 눈으로 직접 볼 수 있다는 게 마치 꿈속을 여행하는 것 같았다.

세계 최고봉, 세계의 지붕, 히말라야산맥 8,000m 14봉

1. 에베레스트 8,848m
2. K2 8,611m
3. 칸첸중가 8,586m
4. 로체 8,511m
5. 마칼루 8,481m
6. 초오유 8,153m
7. 다울라기리 8,172m
8. 마나슬루 8,163m
9. 낭가파르바트 8,126m
10. 안나푸르나 8,091m
11. 가셔브룸 1봉 8,068m
12. 브로드피크 8,047m
13. 가셔브룸 2봉 8,035m
14. 시샤팡마 8,012m

내려오는 길은 올라갈 때보다 수월해서 우리는 정확히 1시간 만에 로지에 도착할 수 있었다. 배도 고프고 하루 쉬어 갈 겸 아저씨와 나는 각자 비상식량으로 가지고 있던 봉지 라면으로 점심을 해결하기로 했다. 아저씨께서는 식당 주인에게 이 라면을 끓여주는 데 들어가는 비용을 협상하려 시도하셨지만 이들은 오직 본인들의 메뉴만 팔 생각뿐이었다(보통은 숙박하는 로지 식당에서 아침, 저녁 식사를 주문해서 먹어야 한다. 그렇지만 점심은 그렇지 않다). 앞에서도 언급했듯이 히말라야에 로지를 운영하는 사람들은 엄청난 네팔 부자들이다. 그러나 이 로지의 주인은 경제적으로만 부자일 뿐 마음은 부자가 아닌 것 같았다. 할 수 없이 우리는 뽀글이를 해 먹기로 하고 뜨거운 물 한 병을 주문했다. 며칠 전 에베레스트 베이스캠프에서 먹었던 맛이 생각났다.

식당 주인은 무슨 불만이 있는지 계속해서 우릴 향해 깐족거렸다. 그것도 전혀 알아들을 수 없는 네팔어로 중얼거렸다. 아저씨도, 나도 기분이 좋지 않았다. 다른 마을에서 만난 대부분의 로지 주인들은 이곳처럼 불친절하지 않았다. 아니 정확히는 주인과 손님 관계를 떠나 인간으로서 예의가 없는 태도였다. 그래서 우리는 라면 봉지를 들고 식당 밖으로 나와 버렸다.

"와…. 저 거의 100일 만에 맛보는 한국 김치예요(감동)."
"허허, 그래? 어서 맛있게 먹자고."

아저씨께서는 한국에서부터 이곳 고쿄까지 약 10일 동안 배낭 깊숙이 가지고 계시던 김치를 개봉하셨다. 시큼하게 잘 익은 김치의 향이 기분 좋게 코끝을 찔렀다.

뽀글이 라면과 한국에서 물 건너온 신김치

숙소 주인의 빈정댐과 깐족거림으로 인해 기분이 조금 상해 있었다. 그러나 한국 뽀글이 라면에 김치 한 조각을 올려 한 젓가락 먹는 순간 모든 것이 용서되고 잊혔다. 지금까지 먹어본 라면과 김치를 통틀어서 손에 꼽을 최고의 맛이었다.

"와! 진짜 맛있어요."

"자네 덕에 태어나서 처음으로 이런 뽀글이 라면을 다 먹어보네, 좋은 추억 만들어줘서 고맙네."

"아우, 아닙니다. 아저씨 덕분에 제가 히말라야에서 신김치를 다 먹어보네요. 감사합니다."

좋았다. 히말라야 고쿄 호수 앞에서 먹는 잊을 수 없는 뽀글이 라면과 한국 신김치였다. 맛있게 라면을 먹은 후 우리는 숙소를 옮기기로 했다. 어제저녁부터 오늘 점심때까지 숙소 주인의 태도는 몹시 불편하게 느껴졌다. 어제저녁 메뉴는 분명 우리가 먼저 주문을 했지만 같은 메뉴였음에도 백인 트레커들의 테이블 서빙이 모두 끝난 다음 가장 마지막에 우리에게 서빙을 해줬었다. 불편한 내색을 하니 제대로 된 사과도 하지 않은 채 뭔가 장난스러운 표정으로 미안하다고 건넨 말 한마디가 전부였다. 쌓여가는 불편한 태도로 인해 이곳에서 오늘 저녁과 내일 아침까지 먹으며 하루를 더 지내고 싶지도 않았다. 라즈에게 알아봐 달라고 말하지도 않은 채 내가 바로 움직였다. 주변 숙소를 돌아보며 가격을 알아봤고 우리와 함께 포터 2명도 묵을 수 있는지 물었다. 대부분의 숙소는 이미 예약이 다 차서 어렵다고 했다. 이럴 수가. 어쩔 수 없이 다시 그곳에서 하루를 더 지내야 하는 건가. 그러나 마지막에 들른 숙소에서 다행히도 우리를 환영해주었다. 방금 들렀던 여러 숙소와는 다른 느낌이었다. 들어서자마자 네팔인 남자 직원은 나를 반겨줬다. 어려 보이는 외모에 유쾌한 성격의 재미있는 청년이었다.

"혹시 여기 방 있어요?"
"(밝은 표정으로) 몇 명인데요? 일단 들어와요."

나는 전 숙소에서 어제저녁 그리고 오늘 점심때 있었던 일과 그 로지 주인의 태도에 대해 있는 그대로 이야기를 했다. 그는 내 얘기를 듣더니 그런 일이 있었냐며 포터들과 함께 이곳으로 오라고 했다. 가격도 더 저렴하게 해주기로 했다. 고마웠다. 뭔가 모르게 위로받는 느낌이었다. 다시 숙소로 가서 아저씨 그리고 포터들과 함께 숙소를 옮겼다. 식당에 앉아 핫초코를 한잔 마시며 몸을 녹이는데 그 앞으로 보이는 풍경이 예술이었다. 전에 있던 숙소보다 약간 높은 지대에 위치한 이 숙소에서 바라다 보이는 전경은 훨씬 더 아름다웠다. 세계에서 가장 아름다운 에메랄드빛 고쿄 호수, 친절하고 유쾌한 직원, 더 저렴한 숙식 비용까지 모든 게 완벽했다. 왜 어제 고쿄에 도착해서 바로 이곳을 찾지 못했을까. 그래도 전에 묵었던 숙소에서 그런 경험을 해봤기에 이곳이 더 좋고 소중하다는 것을 느낄 수 있는 게 아닐까.

히말라야에서 마시는 핫초코는 사랑이었다. 핫초코 덕분에 생명을 연장하며 트레킹 할 수 있었다

점심때 먹은 라면이 너무 맛있었던 걸까? 배는 고팠지만 다른 음식보다는 한식이 너무 먹고 싶었다. 이곳에 한식은 없었지만 그래도 살기 위해 저녁은 달밧(네팔 전통 음

달밧에 캔 참치 그리고 양념깻잎까지 행복한 저녁이었다

식)으로 주문을 했다. 달밧이 나오자 아저씨께서는 소분해서 가져오신 양념깻잎을 꺼내 나눠주셨다. 대박이었다. 마침 내가 가져온 캔 참치도 개봉을 했다. 행복했다. 점심에는 김치를 먹었고 저녁은 100일 만에 양념깻잎을 먹다니…. 역시 한국인은 여러 종류의 반찬이 있는 한식을 먹어야 한다.

저녁을 맛있게 먹고 차 한잔을 마시며 하루를 돌아봤다. 긴 이동이 있지는 않았지만 오전에는 어렵게 5,360m에 위치한 고쿄 리 정상에 올랐다. 그곳에서 마주한 숨 막히게 아름다웠던 히말라야 8,000m대의 고봉들과 고쿄 호수는 정말이지 최고의 선물이었다. 내 평생 이런 풍경을 또 볼 수 있을까? 불과 오늘 오전에 본 풍경들이었지만 마치 꿈을 꾼 것만 같았다. 심장이 터질 것 같았던 힘든 순간을 지나며 몸은 힘들고 피곤했지만 얼굴에는 자연스레 미소가 흘러나왔다. 오늘도 좋았지만 내일은 또 어떤 아름다운 풍경이 나를 기다리고 있을지. 어떤 스토리들이 펼쳐질지 궁금하고 기대되는 밤이었다. 뜨거운 물 1L를 품에 안고 침낭으로 들어갔다. 그리고 나는 할 수 있다는 생각을 여러 번 곱씹으며 하루를 마무리했다. 갈수록 몸은 힘들고 지쳤지만 최초 목표했던 것들을 하나하나 이룸으로 인해 마음은 편안해지고 풍성해짐을 느끼는 하루였다. 감사했다.

12 2017.10.26. 목요일.

불안한 마음을
달래는 법

"도대체 나는 왜 고생을 스스로 만들어서 하는가."

Gokyo(4,790m) → Renjo La Pass(5,360m) 3시간 30분 소요

→ Lumde(4,368m) 2시간 30분 소요

먼 길을 떠나는 날이 밝았고 정확히 06시 30분이 되자 자연스럽게 눈이 떠졌다. 여유롭게 트레킹 준비를 하고 아침을 먹기 위해 식당으로 갔다. 자리에 앉아 메뉴판을 보는데 문득 엄마 생각이 났다.

'아들! 먹는 거에는 절대 돈 아끼지 말아라.'

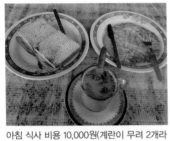
아침 식사 비용 10,000원(계란이 무려 2개라
는 사실)

엄마가 늘 해주시던 말을 기억하며 평소와 달리 큰맘 먹고 계란 프라이를 2개나 주문했다. 거기에 아침부터 핫초코까지 주문을 하니 네팔 물가치고는 말도 안 되는 약 10,000원이라는 금액이 청구된 영수증을 받아볼 수 있었다. 하지만 여기는 히말라야, 그것도 해발고도 5,000m였기에 납득할 수밖에 없는 금액이었다. 계란 프라이를 하나 더 먹어서 그런지 평소보다 맛있고 든든한 아침 식사였다.

07시 40분, 드디어 마지막 고개인 렌조 라 패스(Renjo La Pass)를 넘기 위해 숙소를 나섰다. 인생에서 마주하는 새로움은 늘 두렵고 떨리지만 설레기도 하다. 출발과 동시에 나를 기다리고 있는 오르막이 나타났다. 페이스 조절을 위해 호흡을 크게 내뱉으며 천천히 걸었다. 그러나 얼마 지나지 않아 속이 더부룩하니 갑자기 화장실에 가고 싶었다. 엎친 데 덮친 격으로 아침 기온이 낮아서 그런지 목도 따끔거리며 아프고 전체적으로 컨디션이 몹시 안 좋았다. 이제는 적응될 때도 되었다고 생각했지만 그럼에도 아직 적응할 수 없는 히말라야 트레킹은 갈수록 더 어려워지는 느낌이었다. 잠시 후 본격적인 오르막이 나타났다. 아무리 오

고교 호수

르고 올라도 적응되지 않는 오르막길. 이제는 내 앞에 나타나기만 해도 오르기 전부터 숨이 턱밑까지 차올랐다. 예상대로 이곳 역시 지나가는 사람들이 많지 않았다. 앞을 보고 싶었지만 가파른 경사로 인해 땅만 보였다. 어제 고교 리 정상에 올라갈 때처럼 경사가 많이 가팔랐다. 지나온 길들을 돌아보며 한 발 한 발 천천히 내디뎠다. 쉽지 않았다. 아니 솔직히 말하면 정말 힘들었다. 숨은 퍽퍽 막히고 몸에 힘은 쭉 빠졌다. 거기에 목까지 아팠다. 정말 최악이었다. 시간이 지날수록 더 힘들어졌다.

세계에서 가장 아름다운 전망(에베레스트와 고쿄 호수). 아무리 봐도 질리지 않는다.

'(한숨 가득) 아…. 나 렌조 라 패스까지 무사히 넘을 수 있을까?'

순간 잠깐이라도 정신을 놓을 때면 불안한 마음이 계속해서 내 안에 자리 잡으려 했다. 하지만 이번에도 포기하고 싶지는 않았다. 아무리 힘들고 어려운 코스여도 어떻게 해서든 넘어보고 싶었다. 힘든 순간의 연속이었지만 지난 10일 동안 잘 해왔기에 나는 다시 이를 악물었다. 입으로 숨을 쉬며 목으로 침을 삼킬 때마다 따가움을 넘어 아픈 느낌의 불편함까지 더해졌다. 엄살 부리고 싶지 않았지만 정말 죽을 것처럼 힘들었다. 그래도 내 안에는 이왕 시작했으니 어떻게 해서든 이 고개를 넘고 싶은 마음이 있었다. 한 발 한 발 내딛는 것은 물론 그냥 서 있는 것조차 힘들었지만 나는 평소처럼 스스로에게 동기부여 하기 시작했다.

'할 수 있어, 건아! 너는 할 수 있어. 지금까지 잘 해온 것처럼 이번에도 반드시 해낼 수 있어.'

그 어느 때보다 숨이 턱턱 막혀왔다. 한 발 내딛고 멈춰 서고 또 한 발 내딛고 멈춰 섰다. 그렇게 가고 서기를 끝도 없이 반복하는 괴로운 시간의 연속. 아무리 이를 악물어도 쉽지 않았다. 제법 올라왔겠지라는 마음으로 앞을 보니 이번에는 더 가파르고 높은 봉우리가 나를 기다리고 있었다.

'아, 미치겠다. 나 렌조 라 패스 괜히 왔나…'

너무 힘든 나머지 후회라는 말을 내뱉기 직전까지 왔다. 도저히 못 갈 것 같아서 라즈에게 휴식을 제안하며 뒤를 돌아봤다. 어쩌다 돌아본 뒤 풍경에는 저 멀리 보이는 세계의 지붕 에베레스트와 고쿄 호수가 보였다. 산과 호수는 이 어렵고 힘든 나의 사정을 전혀 공감하지 못한다는 듯 각자의 아름다움을 뽐내며 나를 지켜보고 있었다. 그 모습을 빤히 바라보고 있다 보니 힘들었던 시간을 아주 잠깐이나마 잊을 수 있었다. 여전히 거칠고 가쁜 호흡을 가다듬으며 미리 준비해온 캔디와 물을 섭취했다. 그리고 계속해서 '나는 할 수 있다'는 생각을 했다.

'나는 할 수 있다. 나는 할 수 있다. 나는 할 수 있다.'

정신이 몽롱했지만 이를 악물고 계속해서 걷고 또 걸었다. 그때의 상태를 어떻게 표현할 수 있을지. 징징대고 싶지 않았지만 정말 힘들었다. 하나의 패스(Pass, 고산 속 마을과 마을을 이어주는 하나의 고개)를 넘는 게 이렇게나 어려울 줄이야…. 포기하고 싶었지만 그럼에도 힘을 내고 또 힘을 냈다.

'며칠 전 촐라 패스도 넘었는데 이번 렌조 라 패스도 넘어야지.'

가장 아름다웠던 풍경을 바라보며…

    돌길도 아닌 돌산을 넘는다는 것은 내 한계와 마주하는 시간
이었다. 그렇게 무려 3시간 30분 만에 드디어 5,360m에 위치한
렌조 라 패스 정상에 도착할 수 있었다.

    정말 힘들어서 미쳐버릴 것 같았다. 하지만 막상 정상에 올라
서서 내 눈앞에 펼쳐진 말도 안 되는 히말라야 풍경과 마주하
는 순간 도저히 입을 다물 수가 없었다. 또한 극한의 고통을 이
겨내며 결국에는 또 해냈다는 성취감이 뿜어져 나오면서 내가
느꼈던 모든 고통을 잊게 하는 것 같았다. 앞에서도 언급했듯이
나의 최초 계획은 16박 17일 동안 EBC(에베레스트 베이스캠프) 그
리고 1Pass 1Ri를 넘는 것이었다. 그러나 더 짧은 시간 내에 계

획에도 없던 렌조 라 패스까지 넘으면서 나의 전체 코스는 EBC
와 2Pass 2Ri를 넘게 되는 순간이었다. 죽을 만큼 힘들었지만 그
고통보다 더 행복했다.

렌조 라 패스 정상에는 촐라 패스 정상만큼의 많은 이들이 있
지는 않았지만 그래도 몇몇 사람들이 보였다. 날씨가 좋아서 사
방으로 보이는 히말라야의 전경은 말 그대로 예술이었다. 또한
에베레스트 봉우리는 어제보다 더 선명하고 아름다웠다. 무엇보
다 고쿄 호수와 함께 한눈에 보이는 히말라야 만년설산들의 전
체적인 풍경은 예술 그 자체였다. 이러한 풍경과 마주하며 정상
에 서 있는 동안은 거짓말처럼 없던 힘이 솟아나는 것 같았다.
죽을 만큼 힘들지만 그럼에도 많은 사람들이 이런 맛에 중독되
어 계속해서 히말라야를 오르고 또 오르는 게 아닌가 싶었다.

그러나 아침부터 목 컨디션이 너무 안 좋았다. 올라오는 동안
계속해서 마주한 강한 맞바람으로 인해 콧물까지 나오기 시작
했다. 산 넘어 산이라고 오늘의 컨디션은 정말 최악이었다. 캔디
와 물을 섭취했지만 목은 나아질 기미를 보이지 않았다. 체력이
전부 소진된 것 같았고 더 이상 몸에 힘이 들어가지 않았다.

'아…. 이러면 안 되는데….'

렌조 라 패스 정상에서 선명한 풍경을 감상하고 내려가다 보니 구름이 몰려왔다

렌조 라 패스 정상에서 휴식을 취하며 주변을 감상한 후 반대편으로 내려갔다. 이번에는 내리막의 연속이었다. 걷고 또 걷고 그리고 계속해서 걸었다. 그나마 내리막길이어서 괜찮았지만 늘 그래왔듯이 내리막 또한 쉽지는 않았다. 무엇보다 목 컨디션이 정말 안 좋았기에 전체적인 컨디션까지 좋지 않았다. 앞에서는 강하게 불어오는 맞바람이 나를 밀어냈고 쓰고 있던 정글모는 계속 뒤집어졌다. 끝이 없었다.

'도대체 나는 왜! 누가 시키지도 않은 이 고생을 스스로 자처하고 있는가.'

설령 누군가가 나에게 돈을 주며 하라고 했어도 쉽지 않았을 텐데, 아무리 생각해봐도 나 스스로가 도무지 이해되지 않았다. 그러나 이 험한 코스와 날씨를 뚫고 나타나는 말로 표현할 수 없던 아름다운 풍경들은 계속해서 내가 걸어갈 수 있는 동기가 되어 주었다. 걷고 또 걷다 보니 저 앞에 작은 마을이 보였다. 눈 짐작으로 재어보니 앞으로 20여 분 후면 그 마을에 도착할 수 있을 것 같았다. 곧 도착할 수 있다는 생각에 서서히 긴장이 풀렸는지 발을 헛디디며 미끄러졌다.

'건, 조심해!'

라즈가 걱정하듯 소리쳤다. 다행히 넘어지지는 않았지만 좁은 내리막길이었기에 위험한 상황이 발생할 수도 있었다. 긴장을 늦추면 안 될 것 같았다. 갈수록 찬바람은 강해졌고 앞에서 불어오는 맞바람으로 인해 몸은 춥고 목은 따가웠다. 정신이 흐려지려 했지만 계속해서 스스로에게 말했다.

'건! 마지막까지 정신 차려야 해, 조금만 더 긴장하자!'

언제 쓰러져도 이상하지 않을 최악의 컨디션인 몸을 이끌고 드디어 해발고도 4,368m에 위치한 룸데(Lumde)에 도착했다. 오늘 트레킹은 정말 역대급으로 힘든 시간이었다. 매일매일이 내가 가장 힘든 날이라고 서로 경쟁이라도 하듯 오늘이 지금까지 일정 중 가장 힘든 하루였다. 이제는 몸이 지칠 대로 지친 것 같았다. 최초 목표했던 곳들을 다 점령해서 그런 걸까. 오늘은 몸도 안 좋고 발도 헛디디며 도저히 힘을 낼 수 없는 순간의 연속이었지만 감사하게도 햇볕이 잘 드는 로지를 찾을 수 있었다. 이곳 룸데 마을 로지에는 방이 여유가 있어서 오늘은 모처럼 나혼자 방을 쓸 수 있었다. 배가 고프니 우선은 점심을 먹었다. 아저씨께서 준비해오신 김치가 한 통 더 남아 있어서 그 김치와 함께 먹었다. 역시 꿀맛이었다. 만약 한국에 김치가 없었다면 우리는 어떻게 살았을까.

단언컨대 세상에서 가장 맛있는 김치는 누가 물어봐도 히말라야 트레킹 하며 먹는 김치였다고 말할 것이다.

늦은 점심 식사 후 휴식을 취하며 아픈 목을 달래기 위해 생강차 한잔을 마셨다. 오늘 6시간 하드 트레킹으로 인해 몸은 이미 녹초가 되어 있었다. 물티슈로 간단히 몸과 얼굴을 닦고 차분하게 하루를 돌아봤다. 드디어 내일이면 남체(Namche)로 간다. 그곳에 가면 인터넷 데이터 사용이 가능해지기 때문에 보고 싶은 가족들과 연락을 할 수 있다. 그리고 따뜻한 물로 샤워도 할 수 있다. 거의 10일 만에 가족들과 연락도 하고 씻을 수도 있다니…. 또한 내일부터는 좀 더 속도를 내며 내려갈 예정이었기에 계획보다 루클라(트레킹 출발 지점, 네팔 수도인 카트만두로 가기 위한 비행장이 있는 곳)에 며칠 일찍 도착할 것 같았다. 스마트폰 사용이 가능해지면 비행기 티켓도 바꿀 수 있을 것이다. 힘든 일정으로 인해 몸은 힘들었지만 마음은 가벼워지며 내일이 더욱 기다려졌다.

음식을 먹고 휴식을 취하다 보니 목 상태는 오전에 비해 많이 좋아진 것 같았다. 든든하게 저녁 식사 후 평소보다 조금 일찍 방으로 들어왔다. 며칠 만에 혼자 쓰는 방인지. 따뜻한 물병을 끌어안고 침낭으로 들어갔다. 나무로 만든 로지를 관통하는 강한 바람소리가 들렸지만 세상에서 가장 따뜻하고 안전한 곳은 침낭 속이었다. 돌아보니 그 어느 때보다 쉽지 않았던 하루였다. 최악의 컨디션으로 인해 순간적으로 포기하고 싶은 생각까지 들었던 렌조 라 패스 넘어오는 길. 내려갈수록 쉽고 편해져야 하는데 마지막까지 긴장하게 만드는 11일 차 히말라야 트레킹이었다. 그 어느 때와 달리 울고 싶을 만큼 힘든 시간의 연속이었지만 마지막까지 포기하지 않고 결국 또 해낸 나 스스로에게 박수를 보냈다.

'오늘도 해냈다. 내일도 할 수 있어. 나는 해낸다.'

13

2017.10.27. 금요일.

히말라야 트레킹과
인생의 공통점

"오르막과 내리막의 조화가 있기에 우리는 성장한다."

Lumde(4,368m) → Thame(3,820m) 2시간 55분 소요 →
Namche(3,440m) 3시간 50분 소요

어제는 피곤함 덕분에 바로 잠이 들었다. 자기 전까지 목이
아파서 평소보다 물을 많이 마셨다. 그로 인해 새벽에 자는 동
안 여러 번 화장실을 들락거렸다. 결국 05시 50분에 침대에서
일어났다. 졸린 눈을 비비며 화장실을 다녀온 후 배낭을 챙겼다.
이제 두 번만 짐을 더 챙기면 이 트레킹도 끝이 난다.

오늘이 12일 차. 돌아보면 생각보다 시간이 참 빨리 지나갔다. 쿰부 히말라야를 트레킹 하기에 최적의 시기인 이때, 이곳에 와서 좋은 시간을 보낼 수 있었고 조금이나마 더 성장하고 성숙할 수 있었던 것 같다. 짐을 챙기고 식당에 가서 아침 식사를 했다.

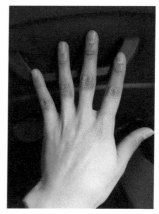

까맣게 물든 것 같다
손가락이 너무 타서 쓰라렸다

식사 후 07시 05분, 타메(Thame)를 향해 출발했다. 아직 태양이 히말라야산맥을 넘지 않아서일까. 해는 보이지 않았고 꽁꽁 얼어붙은 땅 위로는 서리가 쌓여 있었다. 이른 아침부터 바람을 맞으며 음지를 걷는다는 게 쉽지는 않았다. 무엇보다 손가락이 떨어져 나갈 것 같았다.

'아, 너무 춥다.'

힘듦을 넘어 이제는 괴로웠다. 양손으로 스틱을 잡기조차 어려웠다. 이른 아침 엄청난 추위와 손가락에서 느껴지는 고통. 다른 곳은 어느 정도 버틸 만했으나 히말라야 트레킹 중 손가락

야크 떼   히말라야 감성

이 이렇게 시리고 아팠던 적은 없었다. 트레킹 하는 동안 손가락장갑을 껴서 그동안 손가락 끝부분만 햇볕에 노출되어 새카맣게 탄 상태였다. 그래서 스틱을 쥐어야 하는 손가락이 평소와 달리 유독 쓰라리고 아팠다. 그래도 버텨야 했다. 여기서 버티는 것 외에는 별다른 방법이 없었기 때문이다. 어제보다는 덜 강한 맞바람이 불었지만 오늘의 트레킹 코스는 오랜 시간 동안 그늘진 곳을 걸어야 했기에 유독 더 춥게 느껴졌다. 조심스레 등산 스틱을 사용하여 걷다 보니 몸과 손가락에서 열이 나기 시작했다. 시간이 지나면서 서서히 해가 보였고 몸도 풀리는 것 같았다. 끊임없이 계속되는 내리막길이었지만 양손에 쥔 스틱과 무릎 테이핑 덕분에 어제만큼 힘들지는 않았다. 아니, 정확히는 어제가 정말 미칠 듯이 힘들었던 하루였다. 걷다 보니 반대 방향에서 올라오는 사람들이 종종 눈에 띄었다.

'아이고, 진짜 힘들어 보인다.'

나는 이들과 반대 방향에서 올라
와서 이곳으로 내려가는 중이었지
만, 이들은 어떻게 이 험한 길을 올
라가려고 하는 걸까. 가볍게 내려가
고 있는 나와 다르게 거친 숨을 몰
아쉬며 올라가는 외국인들의 얼굴
은 다소 힘들어 보였다. 누군가 나

생강차 한 잔. 목이 너무 아팠다

에게 반대 방향으로 다시 한번 쿰부 지역 트레킹을 하라고 한다
면 갈 수야 있겠지만 못 갈 것 같다.

정확히 2시간 55분 후 해발고도 3,820m에 위치한 타메에 도
착했다. 드디어 3,000m대로 내려왔다. 행복했다. 에베레스트 베
이스캠프에 가기 전 점심으로 먹었던 것과 같은 메뉴인 양념 감
자볶음에 계란을 얹어 점심을 해결했다. 오늘도 목 상태가 안
좋았기에 식사 후 생강차 한 잔을 마셨다.

갈 길이 멀었다. 잠깐의 휴식 후 지체할 겨를도 없이 다시 몸
을 움직였다. 이제 드디어 남체를 향해 갈 시간이 다가왔다. 오
전처럼 무조건 내리막의 연속일 줄만 알았는데 남체로 향하는

길은 은근히 오르막길이 많이 포함되어 있었다. 올라갈 때는 오르막길만 있고 내려갈 때는 내리막길만 있으면 좋을 텐데. 처음에 출발하여 올라가는 동안에는 내리막이 나오는 게 싫었는데 반대로 내려가는 중인 지금은 오르막이 나오는 게 싫었다. 늘 예상치 못한 불청객은 반갑지가 않다.

내려갈수록 숨쉬기는 조금 편해졌지만 해발고도가 낮아졌다고 해서 오르막길이 결코 쉽지는 않았다. 항상 오르막은 힘들고 내리막은 상대적으로 쉽고 빨리 갈 수 있는 것 같다. 그러나 내리막이 결코 쉽다고만 할 수는 없다. 산에서의 사고는 올라갈 때보다 내려갈 때 더 많이 발생하기 때문이다. 내려갈 때 발생한 사고가 한순간에 목숨을 잃게 할 수도 있다. 그래서 오히려 오르막보다 내리막이 더 어렵고 위험하다.

인생도 마찬가지지 않을까. 일상에서 크고 작은 목표를 이루기 위해 달려가는 과정은 무척이나 힘들고 어렵다. 그러나 그 목표를 이룬 후 바닥으로 떨어지는 건 한순간이다. 우리가 살고 있는 사회의 여러 분야를 보면 정상에 올랐던 사람들이 각광받고 박수갈채를 받으며 편안하게 잘 내려오는 경우도 있지만, 반대로 좋지 않게 수직 낙하하는 경우도 많이 볼 수 있다. 그래서 목표를 이루기 위한 과정보다는 이룬 후가 더 중요하다고 생각한다. 겸손해야 한다. 실력이 뛰어나서 아무리 원대한 목표를 이루고 어마어마한 부와 명예를 가졌다 할지라도 겸손하지 않고 교만할 경우 한 방에 훅 하고 떨어질 수도 있다.

돌아보면 내 의지와는 전혀 무관했지만 이런 오르막과 내리막의 조화가 있었기에 내가 여러 높은 봉우리의 정상을 오르내릴 수 있었던 것이 아닐까. 그래서 흔히들 등산과 인생이 닮았다고 말하는 것 같다. 목표를 향해 달려갈 때면 오르막이 나오다가 전혀 예상치 못한 내리막이 나오기도 한다. 또한 목표를 달성한 후 내려올 때에는 더 조심해야 하고 긴장해야 한다. 같은 의미로 시작도 중요하지만 끝은 더 중요하다는 것이다. 인생과 닮은 히말라야를 오르내리며 스스로 늘 겸손하자는 다짐을 했다. 그리고 앞으로의 인생에서 마주하는 오르막과 내리막의 조화를 있는 그대로 받아들이며 즐기는 사람이 되기로 했다.

갑자기 스마트폰 데이터가 터지는 것 같았다. 내 스마트폰에는 네팔 현지 유심 카드가 장착되어 있는 상태였다. 그러나 아무런 카톡이 없었다. 뭐지? 가족들에게 무슨 일이 있는 건가. 순간 불안한 마음이 들었지만 다시 한번 생각해보니 가족들 모두가 건강히 잘 지내고 있으니 아무 소식이 없는 것 같았다. 그렇게 생각하며 빨리 내려가서 보고 싶은 가족들과 연락을 하고 싶은 마음뿐이었다.

트레킹 하는 동안 라즈에게 틈틈이 한국어 몇 문구를 알려줬다.

'천천히 가자, 쉬어 가자, 날씨 좋다.'

나의 포터인 라즈는 작고 어렸지만 생각보다 다부지고 똘똘했으며 자신감 넘치는 녀석이었다. 그리고 얼굴색에 묻혀 잘 드러나지는 않았지만 나이에 걸맞게 부끄럼을 타기도 했다. 나와 10일 이상을 함께한 라즈. 약 2주라는 시간을 함께하다 보니 갈수록 의사소통이 잘 되고 호흡도 잘 맞아갔다. 라즈가 들려주는 흥겨운 음악에 맞춰 같이 몸을 흔들며 걸어갔다. 고도가 낮아질수록 긴장도 풀리고 여유가 생겼다. 서로 농담도 주고받았다. 그러나 녀석 몸에서 약간이 아닌 조금 많이 냄새가 났다. 나는 매일 저녁 물티슈로라도 간단히 세면을 했지만 이 녀석은 아예 씻지를 않았다. 올라갈수록 물이 귀해서 비싼 돈을 내고 사 먹는 생수를 사용해서 씻어야 했기 때문이다.

아무튼 우리는 오늘의 목적지인 남체(Namche) 마을을 향해 걷고 또 걸었다.

끝없이 펼쳐지는 길이 보이는가. 이날 18km 이상을 걸었다

'웬만하면 얼굴 좀 보여줘라, 남체야!'

    점심 식사 후 출발해서 3시간도 더 넘게 걸었을까. 드디어 저 멀리 남체가 보였다. 쿰부 지역 트레킹을 하게 되면 누구나 지나가야 하는 가장 큰 마을이다. 남체를 기준으로 올라갈 때 오른쪽 길로 올라가면 EBC(에베레스트 베이스캠프)와 칼라파타르로 향할 수 있고 왼쪽 길로 올라가면 고쿄 호수와 고쿄 리로 향할 수 있다. 쿰부 지역 트레킹을 하는 사람들은 두 코스 중 한 코스만 다녀오는 경우가 대부분이다. 만약 두 코스를 모두 다녀올 경우 중간에 촐라 패스라는 가파른 고개를 하나 넘어야 하고 시간도 오래 걸리기 때문이다. 나는 남체에서 오른쪽 길로 올라가서 두 코스를 모두 경험하고 추가로 렌조 라 패스까지 넘어 크게 한 바퀴를 돌고 왼쪽 길로 내려왔다(4쪽 트레킹 지도 참고).

3,440m에 위치한 남체에 도착하자마자 트레킹 여정 중 가장 힘들고 어려웠던 코스를 4일 정도 함께한 아저씨와 헤어져야 할 시간이 다가왔다.

"아저씨! 이것저것 많이 알려주셔서 정말 감사했습니다. 덕분에 인생도, 트레킹도 많이 배울 수 있었어요."

"허허, 덕분에 중간중간 말동무도 되고 내가 즐거웠지! 몸 조심히 끝까지 마무리 잘 하세."

"감사합니다. 안전하게 트레킹 마무리 잘 하세요."

아저씨와 악수를 하며 마지막 인사를 나눴다. 그리고 각자의 숙소로 향했다. 인간이 태어나면서부터 죽을 때까지 수도 없이 반복할 수밖에 없는 만남과 헤어짐이라는 녀석들. 이제는 제법 익숙해져도 될 것 같았지만 여전히 만남 이후 찾아오는 헤어짐은 쉽지가 않다. 많은 만남과 헤어짐 속에서 유독 아쉬움이 묻어나는 순간이 있다. 그런 만남이었던 김 씨 아저씨 덕분에 히말라야는 물론 인생에 대해서 많이 배울 수 있는 시간이었다. 아저씨께서는 한국에서부터 가져오신 한국산 김치와 깻잎, 멸치조림까지 나눠주셨다. 그래서 고산에서 소화불량과 함께 잃

쿰부 히말라야 에베레스트 지역에서 가장 큰 마을인 남체

어버렸던 입맛을 다시 찾을 수 있었다. 아저씨는 내가 히말라야에서 만난 천사였다. 정말 감사했다. 고교 이후부터는 전혀 예상치 못한 코스와 일정이었지만 아저씨 덕분에 최고의 일정을 보낸 것 같다. 또한 죽을 것처럼 힘든 여정이었지만 안 왔으면 이런 곳이 있는지조차 몰랐을 렌조 라 패스까지 넘는 경험을 할 수 있었다. 감사했다.

올라갈 때 들렀던 로지에서 하루를 보내기로 했다. 신기하게 주인은 나를 기억하고 있었다. 가까운 사이처럼 반갑게 맞아주었다. 처음에 내가 묵었던 방보다 한 층 위에 있는 더 따뜻한 방으로 나를 안내해주었다. 좋았다. 뭔가 친근하고 편안했다. 올라오면서 이틀 그리고 내려가면서 하루를 보내다 보니 이곳이 마치 내 집같이 느껴졌다. 간단히 짐을 풀고 식당으로 가서 보고 싶었던 가족들에게 연락을 했다. 아까 내려오면서 잠깐 동안 우려했던 것과는 달리 감사하게도 다들 건강히 잘 지내고 있었다. 대학교 3, 4학년 ROTC 후보생 시절, 군사훈련 받을 때를 제외하고는 살아오면서 가족들과 일주일 이상 연락을 하지 못한 적이 없었다. 아마 이런 경우는 이번이 마지막이지 않을까 싶다. 트레킹 하는 동안 매일같이 가족들이 많이 보고 싶었다. 또한 힘들 때마다 가장 먼저 생각나는 사람들 역시 가족들이었다.

따뜻한 차를 마시며 모처럼 여유 있는 휴식 시간을 보냈다. 해발고도가 낮아질수록 속도 조금씩 편해지는 것 같았다. 잠시 후 저녁 식사를 주문했다. 아직 다 끝나지는 않았지만 스스로의 성공적인 트레킹을 미리 자축하며 야크 스테이크를 주문했다(야크는 히말라야 지역이 원산지인 솟과의 하나로 고산 속 물자를 나르기도 하며 식용으로 먹기도 한다). 가격은 일반적인 메뉴의 두 배 이상이었고 약간 질기기는 했지만 그럼에도 고기와 함께 먹는 야채와 감자튀김은 참 맛있었다. 얼마 만에 먹는 고기 요리인지. 고기는 역시 이렇게 맛있는 거였다. 돌아보면 약 2주 동안 트레킹을 하며 내가 먹었던 음식은 밥, 야채 카레, 감자, 식빵, 계란 프라이가 전부였다. 그래서 가족 다음으로 고기가 그리웠나 보다.

'생각나는 음식을 내가 먹고 싶을 때 먹을 수 있다는 것이 얼마나 행복한 것인지. 생각해보니 행복은 단순했고 가까이에 있었다.'

내일이면 드디어 12박 13일간의 길다면 길고 짧다면 짧은 나의 쿰부 히말라야 트레킹 여정이 막을 내린다. 긴 시간이었지만 생각보다 짧게 느껴졌다. 그리고 평생을 살아가며 절대 잊을 수 없는 나만의 추억이 될 것이라는 확신이 들었다. 잊을 수 없는 이 시간과 히말라야에서의 깨달음, 수많은 별들과 추위, 다양한 사람들과 음식, 내 집같이 편안하지는 않았지만 그럼에도 추위를 피해 잘 수 있었던 숙소까지 모든 게 감사할 뿐이었다. 이제 내일 하루만 더 걸으면 모든 일정이 마무리된다는 생각에 왠지 모르게 벌써부터 아쉬운 마음과 함께 기분이 묘하고 이상했다. 그러나 한편으로는 무사히 하산할 수 있음에 감사했고 편안했다. 티백을 우려낸 차 한잔을 마시며 차분하게 지난 시간을 돌아봤다.

14

하루 더 이어진
히말라야와의 인연

"이럴 수가. 비행기가 취소되다니."

Namche(3,440m) → Phakding(2,610m) 3시간 30분 소요 →
Lukla(2,845m) 2시간 15분 소요

드디어 히말라야 트레킹 마지막 날 아침이 밝았다. 06시에 가
벼운 마음으로 자연스럽게 눈을 떴다. 여유롭게 트레킹 준비를
마치고 식당으로 가면서 스스로 생각했다.

'건아, 중요한 건 마지막까지 긴장 늦추지 말고 안전하게
루클라까지 내려가는 거야.'

그러나 아침부터 뭔가 께끗했다. 식사 후 숙박과 식사 비용을 지불하려 하는데 갑자기 세금(총금액의 13%)을 추가로 지불하라는 게 아닌가.

'응? 올라갈 때는 그런 말이 없었는데. 갑자기 왜? 그리고 왜 여기서만 이러는 거지?'

갑자기 너무 황당했다. 사기 냄새가 아주 풀풀 풍겼지만 트레킹 마지막 날인 오늘의 좋은 기분을 망치고 싶지 않았다. 그래서 다 알면서도 그냥 그러려니 하고 나와 버렸다. 그런 게 아니었겠지만 괜히 이런 생각까지 들었다. 어제 내가 다시 왔을 때 세상 반갑게 인사하며 맞아준 게 이러려고 그랬던 건가. 마음을 비우기로 했다.

생각보다 몸은 상당히 가벼웠다. 오늘이 마지막 날이라는 것 자체가 믿기지 않았다. 이제 좀 뭔가 적응된 듯했고, 라즈랑도 손발이 맞아가나 싶었는데 벌써 마지막 날이라니…. 내 마음을 아는지 모르는지 날씨는 흐렸던 요 며칠과는 다르게 너무 맑고 화창했다. 날씨가 더워서 중간에 쉬는 동안 윗옷을 벗었다. 얇은 긴팔 위에 반팔 하나만 입은 상태로 트레킹을 이어갔다. 남체에서 팍딩까지는 상당히 먼 거리였다. 올라올 때 경험한 5시간 이상의 가파른 오르막이 이번에는 3시간 30분 동안 가파른 내리막으로 변해 있었다. 내려가는 길 역시 쉽지 않았다. 걷고 또 걸었다. 아슬아슬한 흔들 다리를 건너고 또 건넜다. 올라갈 때는 조급한 마음에 몸과 마음이 힘들었었다. 그러나 이제는 배낭은 물론 몸과 마음까지 가벼워졌다는 것을 나 스스로가 느낄 수 있었다. 그만큼 나도 성장하고 변했겠지?

진짜 언제 먹어도 맛있던 라면 뽀글이에 공깃밥. 사진만 봐도 군침이 돈다

계속해서 떠올랐던 올라갈 때의 느낌과 감정들을 돌아보며 첫날 밤을 보냈던 2,610m 팍딩에 도착했다. 어제 남체에 도착했을 때처럼 반가운 마음이 자연스레 들었다. 올라갈 때 하루 머물렀다고 이렇게 편하게 느껴질 수 있나 싶을 정도였다. 비상식량으로 가지고 있던 마지막 봉지 라면 하나를 개봉했다. 뜨거운 물과 흰쌀밥을 주문하여 뽀글이를 만들어 먹고 국물에 밥까지 말아 먹었다. 해외에서 먹는 라면, 그것도 히말라야에서 먹는 라면은 언제 먹어도 꿀맛이었다. 라면을 먹다 보니 엊그제 아저씨께서 나눠주신 신김치 생각이 났다. 그리운 한식 생각도 났다.

히말라야에 사는 아이들

소들이 물을 마신다

　식당 밖에는 물이 졸졸 나오기는 했지만 그래도 간단한 세면이 가능했던 세면대도 있고 비누도 있었다. 히말라야에서 이런 곳은 정말 오성급 호텔 같은 곳이다. 거기서 며칠 만에 손과 얼굴을 씻는 라즈를 보니 세상에 이렇게 반가울 수가 없었다. 나는 보기만 해도 이렇게 개운한데 라즈는 얼마나 씻고 싶었을까.

　맛있게 식사를 하고 잠깐 휴식을 취한 후 12시 05분에 마지막 종착지인 루클라로 향했다. 올라갈 때와는 반대로 은근히 오르막길이 많았다. 지금 가는 루클라는 점심을 먹었던 팍딩보다 고도가 높은 곳이다. 그래도 어렵지 않게 한 발 한 발 내디뎠다. 그동안의 훈련의 힘일까. 그것도 맞겠지만 해발고도 자체가 제

법 낮아졌기에 이제는 정말 숨 쉬는 것부터 걷는 것까지 모든
게 많이 편해졌다.

그러나 갑자기 먹구름이 하늘을 가리는 게 아닌가. 이번 일정
에서 처음으로 비가 내리기 시작했다. 그래도 나처럼 이렇게 좋
은 날씨 속에서 히말라야 트레킹을 10일 이상 한 사람도 정말
드물 것 같았다. 빗방울이 떨어져서 순간 불안하기도 했지만 빗
줄기를 보니 왠지 비옷을 입지는 않아도 될 것 같다는 예감이
들었다. 잠깐 동안 구름이 해를 가리고 소량의 빗방울만 떨어뜨
린 후 하늘은 다시 맑은 얼굴을 보여줬다. 역시 최고다, 정말. 어
젯밤에 나는 오늘 카트만두로 넘어가는 항공편으로 미리 변경
을 해놓았다. 그래서 내 머릿속에는 온통 하산과 동시에 바로
비행기를 타고 카트만두(네팔의 수도)로 날아가서 거기에 있는 한
식당으로 가고 싶은 생각뿐이었다. 그렇게 걷고 또 걸으며 드디
어 루클라에 도착했다.

'예에, 진짜 해냈다! 내가 해냈어. 결국 또 해냈다고!'

정말 미칠 듯이 행복했다. 날아갈 것 같았다. 그러나 또 한편
으로는 믿기지가 않았다. 내가 쿰부 히말라야 트레킹을 성공적
으로 마쳤다니. 스스로가 정말 자랑스럽고 뿌듯한 순간이었다.

당장이라도 카트만두로 날아가고 싶다는 생각이 들었다. 설렘과 기대감을 안고 변경된 비행기 티켓을 확인하러 갔다. 그러나 행복했던 순간도 잠시.

"어쩌죠. 안타깝지만 오늘 하루 여기서 더 머물러야 할 것 같네요."
"(믿고 싶지 않았다) 네? 왜요?"
"한 시간 전에 갑작스러운 기상 악화로 인해 오늘 하루 모든 항공편이 취소됐어요."
"오 마이 갓!"

내려오면서 잠시 흐려졌던 날씨의 영향이었다. 어쩔 수 없었다. 이왕 이렇게 된 거 여기서 하루 더 편하게 푹 쉬고 내일 오전 비행기를 타고 이동하는 방법밖에 없었다. 물론 내일은 비행기가 정상 운행한다는 보장은 없지만 말이다. 12박 13일 동안 함께해준 라즈에게 관례적으로 주는 소정의 팁을 줬다. 라즈도 오늘은 오랜만에 집에 가서 푹 쉬고 내가 떠나는 내일 아침 이곳에 다시 온다고 했다. 내일 나를 배웅해주러 온다는 라즈가 고마웠다. 내일 만나면 고마운 마음을 조금 더 표현해야지.

'라즈! 고마워. 네 덕분에 해낼 수 있었어.'

아쉬운 건지 어쩐지 잘 모르겠지만 평소와 달리 멋쩍은 듯 나를 바라보는 라즈에게 고마웠다는 인사를 하고 숙소로 들어왔다. 때마침 내가 숙소에 들어오길 기다렸다는 듯이 사방이 구름으로 덮이더니 갑자기 비가 쏟아졌다. 그리고 믿기 어려울 정도로 순식간에 외부 기온까지 떨어졌다. 이 타이밍은 무엇일까.

'정말 무서울 정도의 타이밍이었다.'

찬물이었지만 정말 오랜만에 얼굴을 씻고 머리까지 감았다. 정확히 10일 만에 얼굴과 머리에 물이 닿았던 그때 그 순간을 어떻게 설명해야 할까. 직접 경험해보지 않고서는 그때의 내 기분을 공감하기 어려울 것이다. 갑자기 떨어진 기온으로 인해 약간 춥기는 했으나 얼마나 개운하고 좋던지. 말 그대로 정말 좋았다. 행복이 별거인가. 내일 카트만두 숙소에 가서 샤워를 하고 빨래까지 하면 정말 최고로 행복할 것 같았다.

식당에서 차 한잔을 마시며 차분하게 생각해봤다. 왜 오늘 못 떠났을까? 먼저는 트레킹 기간 내내 최고의 날씨를 이미 경험했었다. 그리고 오늘 내려오면서 했던 생각은 여유 있게 오늘 하루 더 이곳에 머물고 내일 떠나는 거였다. 그러나 생각보다 빠르게 내려온 덕분에 하루라는 여유가 생긴 지금, 만약 비가 안

내렸다면 차분하게 생각을 정리할 시간도 없이 서둘러서 경비행기를 타고 카트만두로 향했을 것이다. 그러나 나에게는 오늘 저녁 차분하게 이곳 히말라야에서 전체 트레킹 일정을 마무리하며 내 생각과 마음을 정리할 시간이 필요했던 게 아닐까. 이래도 좋고 저래도 좋았다. 누가 물어보더라도 나는 이렇게 대답할 것이다.

'12박 13일 동안의 쿰부 히말라야(에베레스트 지역) 트레킹은 감히 내 인생 최고의 시간이었어요. 나를 돌아보며 인생을 배울 수 있었고 덕분에 많이 성장할 수 있었어요. 시간이 흘러도 절대 잊을 수 없는 인생에서 가장 값진 순간이었어요.'

앞으로 나의 인생이 더욱 기대되었다. 차 한잔과 함께 차분하게 생각을 정리하며 창밖을 바라봤다. 잔뜩 낀 안개로 인해 활주로는 물론 산줄기도 보이지 않았다. 계속해서 비가 쏟아지고 그치기를 반복했다. 내가 산속에서 트레킹을 할 때 이랬다면 옷과 가방이 다 젖었을 것이다. 순간적으로 상상을 해보니 고개가 절레절레 저어졌다. 이처럼 정말 답도 없었을 텐데 마치 내 모든 트레킹 일정이 끝나기를 기다렸다는 듯이 숙소에 들어오자마자 이렇게 시원한 비가 내리다니. 아무리 생각해도 이번 트레킹 일정은 모든 부분에서 정말 최고였다고 인정할 수밖에 없었다.

참치 고추장 비빔밥

이곳 루클라 로지의 음식 가격은 생각보다 비쌌다. 밥 한 공기에 4,500원이라니. 그러나 나에게는 아직 비상 식량이 남아 있었다. 마지막 으로 딱 하나 남은 참치 캔과 고추장을 섞어 밥 비벼 먹기.

'그래! 이렇게 비싼 공깃밥을 먹는 것도 이게 마지막이야.'

맛있게 밥을 먹고 2주 동안 찍은 사진을 하나하나 넘겨서 봤다.

'와! 예술이다.'

맑고 화창한 하늘과 만년설산을 배경으로 담아 온 수많은 사진들은 아무리 보고 또 봐도 전혀 지겹지 않았다. 정말 환상적이었다.

'내가 참 좋은 시간을 보냈었구나! 정말 꿈같이 신기하네.'

사진을 보다 보니 다시 한번 히말라야 트레킹을 하는 것 같은 느낌이었다. 생각해보니 이제 비상식량도 전부 떨어졌고 물티슈와 화장지도 없었다. 모든 부분에서 정확하고 완벽한 타이밍이었다. 저절로 미소가 지어지며 하늘을 향해 감사한 마음이 들었다. 편안하고 좋은 기분을 내 안에 가득 안고 쿰부 히말라야에서의 마지막 밤을 보냈다.

15

2017.10.29. 일요일.

쿰부 히말라야
인생 트레킹을 마치며

"고맙고 감사합니다."

Lukla(2,845m) → Kathmandu(1,281m) 경비행기 타고
루클라에서 카트만두로 이동

내가 머문 로지 바로 옆에 활주로가 있었다. 05시쯤 경비행기 이착륙 소리를 듣고 눈이 떠졌다. 밖을 보니 날씨가 정말 좋았다. 오늘은 카트만두로 넘어갈 수 있을 것 같은 기대감이 들었다. 아침 식사 후 07시쯤 밖으로 나가보니 저 멀리 익숙한 얼굴이 보였다.

아침 일찍부터 비행기를 기다리는 사람들

"헤이, 라즈!"

반가움을 담아 큰 소리로 라즈를 불렀다. 어제와 달리 말끔해
진 차림의 라즈와 인사를 나누고 비행기 시간을 확인하러 갔다.

"사장님! 안녕하세요. 오늘 몇 시에 비행기를 탈 수 있을까요?"
"아직 정확한 시간은 모르겠는데 이따 오전 10시쯤 다시 와
봐요."

오늘은 비행기를 탈 수 있겠다는 기대감을 안고 다시 숙소로
왔다. 간단히 세면 후 히말라야에서 마지막으로 배낭을 챙겼다.
숙식 비용을 정산하기 위해 카운터로 갔다. 그런데 주인은 아침

6,000원에 먹는 토스트와 오믈렛

에 내가 먹은 토스트와 오믈렛 가격이 빠진 영수증을 내밀었다. 뭐지? 순간적으로 나도 모르게 고민 아닌 고민을 했다. 그리고 다시 정신을 차렸다. 솔직히 그냥 모르는 척 넘어가도 뭐라고 하는 사람은 아무도 없겠지만 내 양심은 그러한 행동을 허락하지 않았다. 그깟 6,000원에 내 양심을 속이며 스스로에게 부끄럽고 싶지 않았다.

"저기요, 근데 오늘 아침에 식사한 비용이 빠진 것 같은데요."

아침에 식사한 비용까지 추가해서 건네자 로지 주인은 놀란 듯 휘둥그레진 눈으로 웃으며 고맙다는 말을 했다.

"단야밧!(네팔어로 고맙습니다)"

양심아, 고마워. 아무것도 아닌 일일 수도 있지만 뭔가 모르게 스스로가 대견스러웠다. 이런 적은 금액부터 양심을 지키는 훈련이 잘 되어 있어야 훗날 큰 금액 또는 큰일 앞에서도 양심적인 삶을 살 수 있을 것이다. 아침부터 뭔가 큰일을 해낸 것처럼

178

스스로가 뿌듯하고 자랑스러웠다.

아침 일찍 확인했던 비행기의 예상 출발 시간이 3시간이나 지났다. 변경된 경비행기의 운항 여부를 기다리며 지치기 직전, 드디어 비행기를 탈 수 있다는 소식을 들었다.

반가웠다. 정말 너무 반가운 소식이었다. 마지막으로 라즈에게 소정의 팁을 더 주며 다시 한번 고마웠다는 인사를 했다. 나의 포터(짐꾼)였던 라즈는 어리고 체구도 작았지만 그가 없었다면 지나온 일정을 모두 소화하기 어려웠을 것이다. 중간에 답답한 부분이 있었지만 생각해보면 라즈는 나에게 딱 맞는 포터였다.

'언젠가 꼭 다시 만나자. 정말 고마웠어, 라즈!'

보고 싶은 나의 포터 라즈

비행기 탑승권

낯선 히말라야에서 약 2주 동안 함께 동고동락했던 녀석. 트레킹을 출발하며 당황스럽게 포터(짐꾼)가 2명이나 바뀌었고 3번째 만나는 포터였던 라즈. 어쩌면 이 친구를 만났어야 했기 때문에 처음 2명의 포터는 그냥 스쳐갔던 게 아니었을까. 언제 다시 만나게 될지 모른 채 진짜로 헤어져야 할 시간이 다가오니 갑자기 기분이 이상해졌다. 그리고 정말 고마웠다.

라즈와의 작별 인사를 하며 늘 쉽지 않은 헤어짐을 뒤로하고 네팔의 수도인 카트만두행 비행기에 올라탔다. 감사하게도 조

버스보다 작았던 경비행기 내부

종사 바로 뒤인 맨 앞좌석에 앉을 수 있었고 약 40여 분을 날아 드디어 카트만두에 도착했다.

뭔가 모를 성취의 기쁨과 행복한 지금의 감정은 주체하기 어렵고 버거울 정도였다. 뜬금없지만 내리자마자 조종사에게 인증 사진도 한 장 부탁했다. 그는 흔쾌히 사진을 함께 찍어줬다. 공항 도착과 동시에 벼르고 있던 카트만두에 있는 한식당으로 향했다. 식당에 가자마자 한식 사진이 첨부되어 있는 메뉴판을 보며 나 혼자 2인분 메뉴인 제육김치볶음과 된장찌개를 시켰다.

'세상에, 세상에! 네팔에서 먹는 한식인데 한국에서 먹는 것보다 더 맛있다니.'

얼마 만에 먹는 제대로 된 한식이었던지. 너무 맛있어서 눈물이 날 것 같았다. 꿀맛이라는 표현은 이럴 때 쓰는 말인가. 순식간에 밥 두 그릇을 게 눈 감추듯 먹어치웠다. 처음에 나는 히말라야 안나푸르나 코스 쪽으로 가볍게 2~3일 정도만 트레킹 할 생각이었지만 대학 시절부터 알던 승훈 선배로부터 쿰부 히말라야 코스에 대해 듣게 되었다. 그러면서 미처 생각하지 못했던 많은 도움을 받았고 덕분에 평생 잊을 수 없는 경험을 할 수 있었다. 식사 후 그 선배와 만나 차 한잔 마시며 이야기를 나눴다.

"쿰부 히말라야 트레킹 코스를 추천해줘서 고마워요, 미처 몰랐지만 겨울 침낭과 패딩 그리고 스틱까지 가장 필요했던 장비들 하나하나 신경 쓰고 빌려주신 덕분에 잘 다녀올 수 있었어요. 정말 감사합니다."

선배와의 대화 속에 문득 이런 생각이 들었다. 나 또한 내가 경험한 무언가가 누군가에게 도움이 될 수 있다면 그 사람에게 나누고 베풀며 살아야겠다. 내가 가지고 있는 것을 나눈다는 게 말처럼 쉽지는 않을 수 있다. 그러나 내가 나눈 작은 마음으로 인해 누군가 좋은 경험을 할 수 있고 행복할 수 있다면 나누지 않을 이유가 있을까.

돌아보면 나 혼자서는 결코 이곳에 올 수 없었을 텐데 선배의 트레킹 코스 추천을 시작으로 세 명의 포터와의 만남 그리고 트레킹 하며 만났던 한국인 아저씨를 비롯한 수많은 트레커들이 떠올랐다. 또한 셀 수 없이 많던 밤하늘의 별들과 은하수, 만년설산을 배경으로 화창하게 맑기도 했고, 강한 바람과 먹구름으로 인해 흐리기도 했던 날씨. 조급한 마음으로 시작했지만 결국 여유로운 마음을 가질 수 있었던 여러 경험들, 거기에 지나온 날들과 마주하며 현재를 재정비하고 미래를 기대할 수 있었던 마음까지. 어느 것 하나 버릴 것이 없었다.

또한 짧은 트레킹을 통해 깊이 있는 인생의 지혜를 배울 수 있었다. 내가 깨달은 인생 공식들은 방향, 지속, 여유 이 세 가지를 기억하며 살아가는 것. 모두에게 사랑받으려고 아등바등하기보다 먼저는 내 옆에 있는 진짜 소중한 사람들에게 잘해야 하는 것. 그리고 더 멀리, 오래가기 위해서는 조급함보다 더 중요한 휴식의 필요성을 기억하며 힘들고 지쳐 포기하고 싶더라도 할 수 있다는 마음으로 한 발 더 내딛기. 또한 힘들 때마다 스스로 '할 수 있다'라고 3번 외쳐보기. 무엇보다 모두가 가는 길이라고 해서 나 또한 아무 생각 없이 무작정 따라가기보다는 남들과 조금 달라도 내가 가고 싶고 가야 하는 길이라면 기꺼이 갈 수 있는 내 안의 용기를 불러내는 것. 그리고 가장 중요한 것은 그것을 지속하겠다는 마음과 열정적 끈기, 오르막 내리막의 조화를 모두 즐길 줄 아는 여유와 겸손함까지 모든 순간들이 하나하나 스쳐 지나갔다.

글을 쓰고 있는 지금도 그때의 순간들이 눈앞에 생생하게 떠오르듯이 앞으로의 인생을 살아가면서도 히말라야에 있었던 나 자신과 수시로 마주하며 살아가고 싶다. 단순히 지나온 과거를 추억하는 것도 좋겠지만 내가 직접 느끼며 깨달은 것들이 내 인생에 좋은 동기부여가 되리라 믿는다. 할 수 있다는 동기부여가로, 때론 공감과 위로자로 나의 작지만 소중한 경험들이 내 삶은 물론이고 누군가의 삶에 잔잔하지만 큰 울림으로 다가가기를 소원한다. 이 글을 읽는 모든 이들에게도 동일한 것들이 전해졌기를 간절히 바라며 나의 히말라야 이야기를 마무리한다. 늘 아낌없이 무조건적인 지지와 기도로 아들을 응원해주시는 나의 어머니께 이 글을 통해 사랑하고 존경한다고 표현하고 싶다. 또한 있는 그대로의 가감 없이 솔직하고 담백했던 나의 히말라야 이야기를 읽어주신 모든 분들께 진심으로 감사하다는 인사를 전하고 싶다.

"감사합니다."

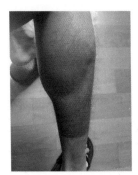

트레킹 초반 며칠 동안 발목 위까지 오는 양말과 7부 등산복 바지를 입었었다. 쿰부 히말라야를 트레킹 하며 3가지 색으로 구분된 나의 다리를 훈장처럼 기억하고 싶다.

그래! 너도 할 수 있어.

아무런 정보도, 지식도 없이 막무가내로 떠난 쿰부 히말라야 (에베레스트 지역) 트레킹. 에베레스트산 정상을 바로 앞에서도, 조금 멀리에서도 직접 마주하는 영광을 누려보는 시간이었다. 2주라는 시간 동안 내가 만난 히말라야 속에는 인생이 있었고 나 자신이 있었다. 그 히말라야를 통해 인생을 돌아볼 수 있었고 나 자신과도 솔직하게 마주해볼 수 있었다.

인생을 살아가다 보면 내가 히말라야에 갔던 것처럼 전혀 예상하지 못한 시기에 무언가를 선택하게 될 때가 있다. 그러나 만약 모든 것을 알고 있다면 오히려 걱정과 두려움에 사로잡혀 아예 도전조차 하지 못하는 경우도 있을 것이다. 그래서 때론 무언가가 떠올랐을 때 너무 깊게 생각하거나 많은 것을 재고 따지기보다 우선 한 발을 내딛는 게 중요하다고 생각한다.

나 또한 생각이 많고 무언가를 신중하게 고민하며 결정하는 성향이지만 이번 트레킹 코스를 결정할 때는 머리보다는 내 마음의 소리에 집중했었다. 내 인생을 잠깐만 돌아봐도 그동안 살아오면서 얼마나 많이 재고 따지며 마음보다 머리가 시키는 일을 하며 살아왔는지 세어볼 수도 없다. 마음이 시키는 일, 진정 내가 원하는 일을 하고 싶었지만 그렇게 하지 못할 때가 더 많았다. 나도, 당신도 마찬가지일 것이라 생각한다. 우리가 속한 사회와 그 안에 있는 크고 작은 공동체의 분위기, 부모님의 조언, 주변 친구들이 살아가는 모습 등 여러 상황과 환경으로 인해 나 스스로가 마음보다는 머리에 집중할 수밖에 없었던 우리들의 인생.

과거의 나도 나였고 히말라야에 있던 나도 나였으며 이 글을 쓰는 지금의 나도 동일한 나이다. 돌아보면 내 마음이 아닌 다른 요소들에 의해 무언가를 선택했을 경우 결과에 따라 나 스스로가 두 가지 반응으로 나뉘는 경우가 많았다. 잘됐을 경우에는 좋았거나 보통이었다. 하지만 만약 원했던 결과가 아니었을 경우에는 내가 그 일을 할 수밖에 없었던 여러 상황과 환경적인 요소를 탓하며 불평했었다. 또한 권유하거나 충고했던 누군가를 원망하기도 했었다.

죽기 전 눈을 감았을 때 당신의 인생이 파노라마처럼 스쳐 지나가는 순간이 다가왔다고 가정해보자. 만약 내 마음이 정말 원했던 것을 하지 못했을 경우 죽는 그 순간까지 생각나고 후회되지는 않을까.

'그때 할걸. 그거 정말 해보고 싶었는데. 시도라도 해볼걸.'

무조건 히말라야에 가라는 의미가 아니라는 것은 잘 알 것이다. 그렇다고 나 혼자 잘났다고 내 마음대로 살아가라는 의미도 아니다. 가장 먼저 그저 당신 마음의 소리에 귀 기울였으면 좋겠다. 이제는 당신답게 살아갔으면 좋겠다. 나도 나다움으로 살기 위해 더 노력할 것이다. 그리고 당신도 당신답게 살아가기를 진심으로 응원하고 싶다.

때론 두려움이 몰려올 것이다. 그러나 두려움은 허상일 뿐. 막상 마주하고 나면 아무것도 아니라는 것을 느끼게 될 것이다. 그리고 그 허상 뒤에는 당신의 가슴을 뛰게 하며 당신의 마음을 울리는 무언가가 있을 것이다.

히말라야 트레킹을 하는 동안 수도 없이 외쳤던 말.

'나는 할 수 있다. 나는 할 수 있다. 나는 할 수 있다.'

그렇다. 이제는 당신에게 말하고 싶다.

'너는 할 수 있어. 너는 할 수 있어. 너는 할 수 있어.'

마음의 소리에 귀 기울이며 첫발을 내딛기를 두려워 말라. 당신은 당신이 생각한 것보다 훨씬 더 크고 대단한 사람이라는 것을 잊지 않았으면 좋겠다. 나의 경험이 당신에게 따뜻한 공감과 위로가 되었기를. 또 다른 당신에게는 '그래, 나도 할 수 있어. 해보자!'라는 동기부여의 불씨가 되었기를.

이름도, 얼굴도 알지 못하지만 감히 당신의 인생을 진심으로 응원하고 싶다.

감사합니다.